恶
あくい
意

〔日〕东野圭吾 著
崔健 译

南海出版公司

新经典文化股份有限公司
www.readinglife.com
出 品

目 录

事件之章　野野口修的手记　/ 1

疑惑之章　加贺恭一郎的记录　/ 61

解决之章　野野口修的手记　/ 71

求索之章　加贺恭一郎的独白　/ 89

告白之章　野野口修的手记　/ 145

过去之章（一）　加贺恭一郎的记录　/ 197

过去之章（二）　认识他们的人这样说　/ 221

过去之章（三）　加贺恭一郎的回忆　/ 249

真相之章　加贺恭一郎的阐明　/ 259

事件之章

野野口修的手记

1

事情发生在四月十六日,一个星期二。

这天下午三点半,我从自家出发,前往日高邦彦的家。日高家和我家有电车一站地的距离。出站后,还要搭乘一段公交车,不过即使加上步行的时间,最多二十分钟也就到了。

虽然平时没什么事我也会去日高家,但这天找他确实是有事。这么说吧,我要是这天不去,就会有一阵子无法见到他了。

日高的家坐落于一片规划开发完善的住宅区,这里的高档住宅鳞次栉比,偶尔还会看见堪称豪宅的房子。这一带之前是森林,许多屋主便保留了原有的野生树木,将其变作庭院景观的一部分。围墙内的山毛榉和麻栎枝繁叶茂,在道路上投下浓密的树影。

这些路算不上窄,却都是单行道,大概安全性也是象征地位的要素之一吧。

听说日高几年前在此处买了房子时，我并没有太惊讶，因为在这片区域长大的男孩子都梦想能住到这儿来。

日高的房子称不上豪宅，不过考虑到只有夫妇两人住，这里还是显得过大了。屋顶采用了和风的歇山顶式样，但凸窗、拱形玄关和在二楼窗外挂鲜花盆栽的设计则是西式的。这可能是折中了夫妇二人意见的结果。不，考虑到围墙是砖砌结构，应该说更多依照了女主人的意见。她以前就曾透露过，很想住在像欧洲古堡一样的家里。

更正。不是女主人，是前任女主人。

沿着采用了条砌法的砖墙，我走到日高家的门前站定，按下了对讲门铃的按钮，然而过了许久都没人应答。一看，车库里没有日高的萨博。他可能是出门了吧，我想。

思考着如何打发时间，我想到了樱花树。日高家的庭院里只种了一棵八重樱，上次来的时候花开了三分满。那是大概十天前了，不知道现在开得怎样了。

虽然这是别人家，但我仗着自己是日高的好朋友，擅自进去了。通往玄关的路半途分岔，朝房子的南面延伸。我沿着岔道，踱向庭院。

樱花大多已经飘落，不过枝头仍残留一些可以观赏，只是当下实在不是赏樱的好时机。树下站着一个我不认识的女子。她身体前倾，看着地面，一身牛仔裤配毛衣的休闲打扮，手里拿着白布一样的东西。

"您好。"我向她打了声招呼。

女子似乎吓了一跳,猛地站直身子看向我。"啊,对不起!"她说,"这东西被风吹到了这里。家里好像没人,十分抱歉!"她给我看了看手中的东西,是一顶白色的帽子。

她看上去年龄在三十五岁到四十岁之间,长相普通,眼睛、鼻子和嘴巴都很小,气色不佳。

我心生疑惑:风有那么大吗,把帽子都吹跑了?"您刚才好像盯着地面看得很入迷呢。"

"嗯,这里的草坪太漂亮了,我在想到底是怎么打理成这样的呢。"

"哦,我不是很清楚。这是我朋友的家。"

她点了点头,好像早就知道我不是这家的主人一样。

"实在是抱歉了。"她低头致意,接着从我身旁经过,朝院门走去。

又过了大概五分钟,从车库那边传来了引擎的声音。日高回来了。

我回到玄关的时候,藏青色的萨博正在倒入车库。驾驶席上的日高看到了我,微微点头,副驾上的理惠也微笑着朝我颔首致意。

"对不住,本想着稍微买点东西就赶紧回来的,没想到遇上了堵车，真是服了。"日高从车上下来，边说边做出道歉的手势，"等了很久吗？"

"也没有。我在欣赏你家庭院里的樱花呢。"

"都掉得差不多了吧？"

"嗯，不过真是棵漂亮的树。"

"开花的时候是挺好的，不过在那之后就太让人头疼了。我工作间的窗户离得近，有时候还会有毛毛虫爬进来呢。"

"确实让人头疼。不过，你有一段时间都不用在这儿工作了。"

"嗯，一想到能从毛毛虫地狱逃走，就觉得如释重负啊。不说这些了，快进来吧，招待你喝咖啡的器具还是有的。"

穿过拱形玄关，我们一起进了家。屋子已经基本收拾完毕，就连墙上的画也不见了。

"都打包好了吗？"我问日高。

"除了工作间以外，大体上都打包好了。基本上都是搬家公司帮忙弄的。"

"你们今天晚上在哪儿休息啊？"

"订了酒店，皇冠酒店。不过我应该还是会留在这儿过夜。"

我和日高进了他的工作间——一个大约十叠[①]的西式房间。里面有一台电脑、一张办公桌、一个小型书架，显得空荡荡的。

[①] 日本面积单位，1叠约为1.62平方米。

其余的东西大概都打包好了。

"对了，明天要交的稿子还没写完吗？"

听到我的提问，日高面露不快，点了点头。"连载还差最后一回，我打算今天晚上用传真发过去，所以还没有把电话停掉。"

"是给聪明社的月刊杂志写的吗？"

"嗯。"

"还剩几页要写？"

"三十页。不过总能写完的，不是吗？"

办公桌旁有两把椅子，我和日高便围着桌角坐了下来。不一会儿，理惠端着咖啡进来了。

"温哥华的气候是怎么样的呢？比这里冷吧？"我问二人。

"纬度完全不同，所以是比这儿要冷。"日高回答。

"但是有一点挺好的，就是夏天很凉爽。整天待在空调房里，人的体质都变差了呢。"理惠补充道。

"要是在凉快的房间里工作就能顺利推进就好了。不过这怎么可能呢。"日高笑眯眯地说。

"野野口先生，您一定要去那边找我们玩啊，我会给您当个好向导的。"

"谢谢，我一定会去的。"

"那你们慢慢聊。"理惠说着，走出了房间。

日高端着咖啡杯，起身眺望窗外的庭院："好在今年看到了樱花盛开的美景。"

"明年如果樱花开得好,我就拍下来,把照片传到加拿大。欸,那边有没有樱花树呢?"

"不知道。我要搬去的房子附近好像没有。"他说着,呷了一口咖啡。

"对了,刚才我在庭院里看到一个奇怪的女人。"我犹豫片刻,还是决定把这件事告诉他。

"奇怪的女人?"日高皱起了眉头。

我把刚才发生的事告诉了他。一开始他还有些诧异,随后神情便放松了下来。

"所以说是一个长得像小芥子人偶①的女人?"

"啊,没错。你这样一说还真的是。"这比喻十分贴切,我忍俊不禁。

"没记错的话,那个女人姓新见,就住这附近。她看上去年轻,但实际应该超过四十岁了,有个初中生年纪的儿子,傻小子一个。她丈夫很少在家,理惠推测应该是在外地长期出差。"

"你们对她的情况了如指掌啊,关系很好吗?"

"和那个女人?完全没有。"他打开窗户,关上纱窗。微风透过,夹杂着叶子的清香拂面而来。"恰恰相反。"他继续说道,"似

---

① 一种线条简单的木质人偶。

乎还被她记恨了。"

"记恨？那还真是不安宁。为什么啊？"

"因为猫。"

"猫？猫怎么了吗？"

"前段时间，那个女人养的猫好像倒在路旁死掉了。兽医看过后，跟她说猫是被毒死的。"

"这件事和你有关系吗？"

"她怀疑是我做了毒丸子，设计把猫给毒死的。"

"你？她为什么会有这种想法？"

"因为我的杰作。"日高从仅剩的那个小书架上抽出一本月刊杂志，翻到正中间，放到我面前，"你看看这个。"

那是半页纸左右的一篇散文，名为《忍耐的极限》，题目旁边印有日高的头像。我浏览了一下，通篇都在讲作者如何被一只放养的猫折磨得心力交瘁。早上，庭院里一定会有猫的粪便；车库里汽车的引擎盖上，脚印零星可见；盆栽花的叶子被咬得残缺不全。明知道罪魁祸首是一只棕白相间的猫，却拿它没有办法，把塑料瓶并排摆放也没有任何效果。如此日复一日，作者已经濒临忍耐的极限——大致写的就是这些。

"死的那只猫是棕白相间的吗？"

"正是这样。"

"原来如此。"我苦笑着点了点头，"难怪你会被人家怀疑。"

"大概是上周吧,那个女人一脸严肃地来到我们家,虽然没有直说是我投的毒,但基本上就是那个意思。理惠很生气,把她赶走了。既然她在庭院里逗留,应该还在怀疑我,大概是在找毒丸子的痕迹呢。"

"很执着啊。"

"那种女人就是这样。"

"她知道你们要去加拿大生活了吗?"

"理惠和她说了。原话是,'我们下周就要搬去温哥华了,所以就算您家的猫再调皮,我们也只需要再忍耐几天就行了。'你别看理惠那副模样,她也有强硬的一面。"日高大笑道。

"理惠说的话很有道理,你们根本就没有理由如此匆忙地杀死那只猫。"

不知怎么,日高没有立刻对我的话表示赞同。他只是笑眯眯地眺望窗外,将手中的咖啡一饮而尽,然后小声地说:"是我干的。"

"欸?"我一时没有听懂他的话,又问道,"你说什么?"

他把咖啡杯放到桌子上,拿起烟和打火机:"猫是我杀的。我在庭院里放了毒丸子,没有想到事情进展得那么顺利。"

听到这句话,我也只是以为日高在开玩笑而已,然而他脸上的笑容显然和开玩笑时不一样。

"毒丸子是哪儿来的?"

"很简单,只需要在猫粮里掺一些农药,任它们散落在庭院里就行了。那种主人不怎么管束的猫可是什么都会吃的。"

日高衔起一根烟，点上火，很享受地吞云吐雾起来。透过纱窗进来的风，很快便将烟雾吹散了。

"为什么要做那种事呢？"我问道，心里不是滋味。

"我和你说过这栋房子还没有找到租客吧？"他的表情稍稍认真起来。

"嗯。"

日高夫妇打算在他们搬到加拿大的这段时间将房子租出去。

"房产中介还在继续寻找租客，不过前段时间提到了一件让我有点担心的事。"

"什么事？"

"说是家门口摆着的塑料瓶让人印象不好，会让人觉得这家肯定深受猫捣乱的困扰。也的确是，哪个人愿意租这样的房子呢？"

"把塑料瓶收起来不就好了吗？"

"那样做解决不了根本的问题啊。有意向租房的人来家里看时，对满院的猫屎会作何感想？我们人在的时候还可以打扫，但明天走了之后，这里就该臭气熏天了。"

"所以你就把猫杀了？"

"嗯，猫的主人也有责任。但我看那个姓新见的家庭主妇是不会懂这些的。"日高说着，在烟灰缸里按灭了烟。

"理惠知道这件事吗？"

听到我的问题，他扬起一侧嘴角，摇了摇头："怎么可能知道？女人啊，大多喜欢猫，要是把实话告诉她，我在她眼里就成恶魔了。"

我不知道该说些什么，只能沉默。就在这个时候，电话适时响起，日高拿起了听筒。

"喂……啊，您好。我想着您也该打电话来了……是的，计划不变……哈哈，被您看穿了。我马上就要开始写了……是啊，今天晚上一定会努力写出来的……好的，那我写完后给您发过去……不用了，这部电话只能用到明天中午，所以还是我打给您吧……对，从酒店走。那就先这样。"挂断电话后，他轻轻地舒了一口气。

"是编辑吗？"我问道。

"是聪明社的山边。我拖稿不是一天两天的事了，但这次他好像也不免感到担心，毕竟这一次如果拿不到原稿，我后天不在日本就不好办了。"

"那就不打扰你了，我先走了。"我从椅子上站起身来。

就在这时，我听到了对讲门铃的声音。我以为是有人上门推销，但似乎并非如此。只听走廊里传来理惠的脚步声，接着就是一阵敲门声。

"怎么了？"日高问。

门开了,理惠阴沉着脸朝里看。"是藤尾女士。"她压低声音。

日高的脸就像暴风雨来袭前的天空,阴云密布:"藤尾……是藤尾美弥子?"

"嗯,她说有件事今天无论如何都想跟你谈谈。"

"真是服了。"日高咬了咬嘴唇,"她可能猜到我们要去加拿大了。"

"那我和她说你很忙,请她先回去?"

"也是。"他略作思考,然后改变了主意,"算了,我见见她。我也想就此有个了断,好落得轻松。把她带过来吧。"

"倒也可以……"理惠面带顾虑看向我。

"哦,我正准备告辞来着。"我说。

"不好意思。"理惠说着,离开了房间。

"真是让人头疼啊。"日高叹了一口气。

"说起来,藤尾是藤尾正哉的藤尾吗?"

"是他妹妹。"他挠了挠留着中长发的脑袋。"要是给点钱能打发走就好办了,一旦涉及召回和重写,就实在是难以应付。"

脚步声传来,日高不再作声。"走廊太暗了,真是不好意思。"理惠的声音随之而来,紧接着是敲门声。"进来。"日高应道。

"藤尾女士来了。"理惠开门说道。

她身后站着一个长发女子,年龄应该在二十五岁到三十岁之间,身上穿着大学生去企业参观时常穿的那种西服。身为一个突然的访客,她还是在仪表上花了不少心思的。

"那我走了。"我对日高说。我本想说后天要去送他,又把话咽了回去,不希望一不小心刺激到藤尾美弥子。

日高没有说话,对我扬了扬下巴。

理惠把我送到门口。

"招待不周,真是不好意思啊。"她双手合十,闭起一只眼睛,做出道歉的姿态。她个头不高,身材纤细,做这些动作的时候看上去就像一个少女,让人完全想不到她已经三十多岁了。

"后天我去送你们。"

"可您挺忙的吧?"

"没关系,我走了。"

她和我道别后,目送我到下一个街角。

2

回到家后,我工作了不一会儿,玄关的门铃便响了。我的家和日高家有着天壤之别,只是一栋五层公寓中小小的一户,由一个六叠的房间和一个大约八叠的开间组成:前者是工作间兼卧室,后者则包含客厅、餐厅和厨房。我也没有像理惠那样的伴侣,所以门铃响了只能自己去开门。

透过门镜确认来客后,我打开了门锁。是童子社的大岛。

"你一如既往地准时啊。"我说道。

"我就这点优点了。这是给您的慰问品。"说着,大岛递过来一个正方形的小包裹,上面有某知名和果子店铺的名字。他很清楚我是一个甜食爱好者。

"你还特意给我送过来了啊,谢谢了。"

"没事,反正我也要回家,正好顺路。"

我把大岛请进狭小的客厅,给他沏好茶,然后去工作间把桌子上的原稿拿了出来:"就是这个,我不确定是否可以。"

"那我就开始拜读了。"他把茶碗放到一边,拿起原稿开始迅速浏览。

我则打开报纸。自己写的东西被别人当面阅读,总让我觉得有些不舒服。

就在我猜大岛应该读完一半的时候,餐桌上的无绳电话响了。说着"不好意思",我起身接了电话。

"喂,我是野野口。"

"喂,是我。"日高的声音传来,听起来有些低落。

"哦,怎么样了?"我这样问,是因为还惦记着藤尾美弥子的事。

他没有回答我,而是深呼吸了一下,然后问道:"你现在忙吗?"

"忙倒不至于，主要是现在家里有客人。"

"这样啊。你那边什么时候可以结束？"

我看了看墙上的钟，刚过六点。"还得一小会儿吧。到底怎么了？"

"嗯，电话里不好说，想和你商量点事情。可以来我家一趟吗？"

"没问题。"我想问问他是否和藤尾美弥子有关，完全忘记了大岛还在身旁。

"八点怎么样？"他说。

"可以呀。"

"那我等你。"说完，他挂断了电话。

我放下无绳电话后，坐在沙发上的大岛似乎准备站起来。"您要有事情的话我就……"

"没有，没关系，没关系。"我伸手示意他坐下，"我和人约了八点见面，时间还很充裕，你慢慢看。"

"是吗？那我就继续了。"他又继续读起原稿来。

我也继续读报，然而思绪完全被日高的事情占据。他找我恐怕和藤尾美弥子有关，除此以外我想不到其他可能性。

日高写有一部名为《禁猎地》的小说，讲述了某位版画家的一生。说是虚构作品，实际上主人公存在原型，即藤尾正哉。

藤尾正哉是我和日高的初中同学，基于这层关系，日高便想将他的事写进书中。但是这部小说存在几个问题，即完全没有考虑到藤尾正哉的名誉，将现实照搬了进去，特别是他学生时代的古怪行为，都被日高悉数记载了下来。对于我们知情者来说，除了主人公的名字不同外，这根本就不是一部虚构作品。另外，藤尾正哉被妓女刺死的部分，也跟现实别无二致。

《禁猎地》后来成了畅销书，认识藤尾正哉的人很容易就能猜到主人公的原型是谁。最终，藤尾的家人注意到了这本书。

藤尾的父亲已经去世，抗议的是他的母亲和妹妹。她们认为小说显而易见是以藤尾正哉为原型创作的，但她们不记得授权过日高写这种内容，而且这本书还侵犯了藤尾正哉的隐私，使其名誉受损。她们要求召回这部作品，并进行全面改写。

就像日高说的那样，她们所要求的似乎不是经济赔偿。不过，她们只是单纯希望改写小说，还是另有诉求，现在还不清楚。

听刚才那通电话里日高的语气，他和藤尾美弥子的谈判似乎并不顺利。但是他为什么找我呢？如果他们都谈僵了，我更不可能帮得上忙了。

就在我浮想联翩的时候，对面的大岛看完了原稿。我也将视线从报纸上移开，抬起头来。

"真是不错。"大岛说道，"有一种温暖、令人怀念的感觉。我觉得很不错。"

"是吗？你这样说我就放心了。"我如释重负，呷了一口茶。

大岛的确是个讨人喜欢的年轻人,却也不说场面话。

一般来说这时候该商量接下来的安排了,但是今天我和日高有约。我看了看挂钟,六点半了。

"时间上没问题吗?"大岛很识相。

"嗯,倒是还来得及。不如这样,附近有一家家庭餐厅,我们在那里边吃饭边接着商量怎么样?可以的话就帮我大忙了。"

"好啊,反正我也得吃晚饭。"他一边把原稿放到手提包里,一边说道。他明年应该就三十岁了,却还是单身。

从我家步行两三分钟就有一家家庭餐厅,我们边吃焗意粉边商量。说是商量,其实大部分时间都在闲聊。其间,我提到接下来要见的人是作家日高邦彦,大岛显得有些惊讶。

"您和那位是朋友啊?"

"嗯,我和他是小学、初中同学,父母家离得也不远,从这儿走一会儿就到。当然了,我们的老房子都被拆除了,后来新建了公寓楼。"

"原来你们是从小玩到大的伙伴呀。"

"算是吧,现在也有联系。"

"哇!"他的眼神里流露出羡慕和憧憬,"我都不知道呢。"

"我能给你们那里写东西,也是他介绍的。"

"啊,是这样呀。"

"一开始是你们主编想和日高约稿,但日高以自己不写儿童文学为由拒绝了，最后把我介绍了过来。所以他可以算作是我的贵人。"我用叉子把通心粉送进嘴里，这样说道。

"欸，还有这么一回事啊。倒确实也想看看日高先生写的儿童文学呢。"大岛接着问我，"野野口先生，您不想试着写写面向成年读者的小说吗？"

"有机会的话也会试试。"这是我的真实想法。

七点半我们俩离开餐厅，步行到电车站。大岛的车和我的方向相反，在站台上目送他后，很快我的那趟车也来了。

到达日高家的时候正好是八点。我站在大门口，觉得有些奇怪，因为房子一片漆黑，连门口的灯也没亮。即便如此，我还是试着按了按对讲门铃。没人应答，和我预料的一样。

我想，是不是自己搞错了？日高在电话里说让我八点来，或许是让我八点从自己家出发。

我沿着来时的路折返了一点儿。有个小公园，旁边还有个电话亭。我拿出钱包，走进电话亭。

我拨通在查号台问到的皇冠酒店的电话号码，寻找姓日高的住客。前台立即帮忙转接。

"喂，我是日高。"理惠的声音传来。

"我是野野口。"我说，"日高现在和您在一起吗？"

"没有，他没过来，应该还在家里。他有些工作还没有做完。"

"啊，这个嘛……"我告诉她家里没有亮灯，好像没有人在。

"那就太奇怪了。"电话那头的她好像也困惑不解,"他跟我说过来这边最早也该是深夜了。"

"会不会只是临时出门了?"

"那也不太可能。"理惠沉默片刻,若有所思。"我知道了。我现在回家一趟,"她说,"大概四十分钟以后到。您现在在哪里?"

我告诉了她自己所在的位置。"那我去附近的咖啡店坐一会儿。"说完,我挂断了电话。

我走出电话亭,又决定去咖啡店之前再到日高家看看。灯依然没亮。另外,那辆萨博仍在车库里,这让我有些在意。

日高想要换个环境调节心情的时候,经常会来这家咖啡店,我也来过几次。老板对我有印象,还问我今天怎么没有和日高一起来。我告诉他我们约了见面,但日高家里一个人也没有。

接着,我们聊起了职业棒球的话题,一聊就超过了半个小时。然后我把账结了,快步走向日高家。

到门口的时候,理惠刚好从出租车上下来。我和她打了招呼,她微笑以对。然而,扫了一眼自己家后,她的神情马上变得不安起来。

"真是一片漆黑啊。"她说。

"他好像还没有回来。"

"但是他应该没有外出的计划啊。"她从包里取出钥匙,走向玄关。我紧随其后。

玄关是锁着的。理惠打开门锁,走进家里,把各处的灯都打开了。房间里凉飕飕的,不像是有人在。

理惠穿过走廊,走到日高的工作间门口,将手搭在门把手上。门是锁着的。

"他出去时一般都会锁门吗?"我问道。

她边取钥匙边不解地说:"最近都不怎么锁啊。"

打开锁,门就这么开了。工作间也没有开灯,但并不是一片昏暗,因为电脑开着,显示屏发出光亮。理惠摸到墙上的开关,打开了荧光灯。

房间中央是倒下的日高,他的双脚冲着我们。

一瞬间我的大脑一片空白。理惠跑过去,但又突然停了下来,双手捂着嘴,浑身僵硬,整个过程没有说一个字。

我也战战兢兢地靠近了一些。只见日高趴在地上,脸扭向左边,左眼微睁。那是已死之人的眼睛。

"死了。"我说。

理惠的情绪开始崩溃,她跪到地上,发出撕心裂肺的哀号。

3

警视厅的侦查人员进行现场勘查取证时,我和理惠在会客室等着。说是会客室,却既没有沙发也没有桌子。我让理惠在装满杂志的纸箱上坐下,自己则像一头熊一样走来走去,偶尔朝走廊探头偷看一下勘查的进展。理惠一直在哭。我看了一眼手表,晚上十点半了。

敲门声响起,门随之而开。迫田警部①进来了:他将近五十岁,是个沉稳的男人。让我们在这个房间先等一会儿的人就是他。看来,他应该是侦查负责人。

"我们稍微聊聊,二位看行吗?"警部瞥了一眼理惠,转而问我。

"我倒是没问题……"

"我也可以。"理惠用手帕压着眼睛下方,说道。她的声音带着一丝哭腔,但听起来很坚定。我想起白天日高说过,"她也有强硬的一面"。

"那我就占用您一点时间。"迫田警部就那样站着询问我们发现尸体前的经过。谈话的走向令我不得不提起藤尾美弥子。

"日高先生是几点给您打的电话呢?"

"我觉得应该是六点多。"

"当时,日高先生和您提到这位姓藤尾的女士了吗?"

"没有,他只说想商量点事情。"

---

① 日本警察的警衔由上向下分为警视总监、警视监、警视长、警视正、警视、警部、警部补、巡查部长、巡查。

"所以说也可能是因为别的事？"

"没错。"

"对此您有什么头绪吗？"

"没有。"

警部点点头，然后看向理惠："藤尾这个人是什么时候离开您家的呢？"

"我觉得应该是五点多。"

"在那之后您和您丈夫说过话吗？"

"稍稍说了几句。"

"您丈夫当时状态如何？"

"他和藤尾女士聊得不太顺利，显得有些发愁。不过他跟我说没什么需要担心的。"

"在那之后您就离开家前往酒店了？"

"是的。"

"我看看，您和丈夫原本计划今天晚上和明天晚上住在皇冠酒店，后天前往加拿大。不过您丈夫由于工作没有完成，便留在家里……"看了自己的笔记后，警部抬起头，"都有谁知道这件事呢？"

"我和……"理惠看向我。

"我自然也知道。除此以外，应该还有聪明社的人。"我解释说，日高原定今晚完成的原稿就是要交给聪明社的，"但也不能仅凭这一点就锁定凶手吧？"

"是的，这我知道。只是作为参考才问您二位的。"迫田警部脸颊的肌肉稍微放松了一些。

在这之后，他的问题就主要是面向理惠的了，比如最近有没有在家附近看见什么奇怪的人。理惠回答说并没有这样的印象。我想起了白天在庭院里看到的那个主妇，犹豫着要不要把这件事说出来，但最终还是选择了沉默。无论如何，因为猫被弄死就去报仇杀人也实在是太荒唐了。

问题问完后，警部说会让下属送我回家。我本来想陪着理惠，但听警部的意思，已经联系了理惠的娘家，很快就有人来接她了。

随着发现日高尸体时的冲击感一点点退去，疲劳感开始渐渐袭来。说实话，一想到接下来还得坐电车回家，我就泄了气。于是，我接受了警部的好意。

走出房间，仍能看到很多侦查人员在走廊上穿梭。工作间的门开着，但看不见里边的情况。想来，尸体应该被运走了。

一名穿着制服的年轻警察和我打了声招呼，把我带向一辆停在门口的警车。我思绪游离，想到上次坐警车还是因为超速被抓到了。

警车旁站着一个男子，个子很高。光线让我看不清他的面容。

"好久不见，野野口老师。"

"欸？"我停下脚步，确认对方的长相。

男子向我走近，脸庞在阴影中显现了出来。他的眉眼挨得很近，面容立体。我第一反应是自己见过这张脸，随后记忆复苏："啊，你是……"

"您还记得我吗？"

"记得记得。我想想……"我暗自确认了一下，说道，"你是加贺，对吧？"

"对，我是加贺。"他郑重地鞠了一躬，"过去承蒙您照顾了。"

"没有，彼此彼此。"我也低下了头，随即重新看向他。十年没见，不，应该更久了。他的神情看上去更加坚毅果敢了。"我是听说你改行当警察了，但真没想到会在这里遇见你啊。"

"我也很惊讶，一开始还以为认错人了，问了您的姓氏后才确信。"

"确实，我的姓氏还是很少见的，即便如此，"我摇了摇头，"也太巧了。"

"我们上车说吧，我送您。虽然警车有些简陋。"他说着，为我打开了后排的门。同时，刚才那名制服警察坐到了驾驶席上。

加贺老师刚毕业就来到我当时任教的一所初中担任社会课老师。当时的他和大多数新老师一样，看上去意气风发、热情洋溢。他还是剑道高手，率领剑道部的英姿，更凸显了他的一番激情。

他只教了两年书就离职了，这牵扯到许多事由，不过在我看来，他本人不需要负任何责任。只能这样说吧，每个人都有适合做的事和不适合做的事，至于教师这份职业是否适合他，我不敢确定。当然了，这也和当时的社会风潮密切相关。

"野野口老师，您现在在哪所学校？"汽车一驶出，加贺老师就立刻问道。不对，再叫他"老师"就很奇怪了，现在该称他"加贺警官"了。

我摇了摇头："前不久还在老家的第三中学教书，三月份刚辞职。"

加贺警官的表情显得很意外。"是这样啊。那您现在在做什么呢？"

"说来有些不好意思，我现在在写给孩子看的小说。"

"哦，原来是这样。"他点了点头，"所以您才跟日高邦彦先生有来往，对吗？"

"不，倒不完全是因为这样。"我解释说，我和日高从小就认识，也是托他的关系，才有了现在的工作。加贺边听边点头表示理解，我有点惊讶——这些话我刚才都对迫田警部说过，警部居然没有告诉他吗？

"您是边当老师边开始写小说的吗？"

"是啊。不过也只是一年两次，每次写三十页左右的短篇，但后来就想当一名真正的作家了，于是下定决心从学校辞了职。"

"这样啊，那您真的十分果敢。"加贺感慨道，可能是联想到了自己的经历。不过他自然也应该清楚，二十出头换工作和临近四十这么做，两者不可同日而语。

"日高邦彦生前写的是哪样的小说呢？"

我看着他的脸："加贺，你不知道日高邦彦啊？"

"不好意思，我听过他的名字，但没读过他的书。尤其是最近这段时间，更是没怎么读书了。"

"工作肯定挺忙的吧？"

"不，是我自己懒惰。本来想着一个月读两三本的。"他用手托着脑袋，说道。"每个月至少要读两到三本书"——这是我当语文老师时的口头禅，不知道加贺是不是想起了这句话才那样说的。

我简单介绍了日高的情况。他出道已快十年，其间斩获了某文学奖，是当今为数不多的畅销作家之一，作品类型跨度大，从纯文学到大众文学都有。

"这其中有我也可以读的吗？"加贺问，"比如推理小说之类的。"

"虽然少，但也有。"我答道。

"您可以告诉我书名作为参考吗？"

"嗯。"我向他提起《夜光藻》。这本书是我很久之前读的，内容已经记不清了，但肯定和杀人案有关。

"您知道日高先生为什么要搬去加拿大吗？"

"似乎有很多原因，但我想最主要还是他有些累了。很多年前他就说过想去国外放松一段时间，而温哥华是理惠喜欢的地方。"

"您说的'理惠'是指他夫人吧，看上去还特别年轻。"

"他们上个月才结的婚。日高是再婚。"

"是这么回事啊。和之前的夫人是离婚了吗？"

"不，前妻是交通意外去世的，已经是五年前的事了吧。"

谈话间，我再次意识到话题的主人公日高邦彦已经不在这个世界上了，心中涌起一阵悲伤。他究竟想和我商量什么？如果我能早早结束那无关紧要的工作讨论，早一些去见他，或许他就不会死了。我知道这么想无济于事，却仍懊悔不已。

"曾有一个姓藤尾的人，因为小说主人公原型的事提出过抗议。"加贺说道，"除此以外，日高先生还卷入什么麻烦了吗？和小说相关的，或和私生活相关的都算。"

"这个嘛，我就不太清楚了。"回答时我才意识到，这是在对我进行侦讯。这样一想，前排手握方向盘的警察的沉默也让我觉得不舒服起来。

"对了，"加贺打开记事本，"您听过西崎菜美子这个名字吗？"

"嗯？"

"还有小佐野哲司和中根肇这两个名字。"

"哦，那个啊，"我点了点头，"我知道，是《冰之扉》里的人物吧？日高正在为月刊杂志写连载小说。"我说道。这部小说今后会变成什么样呢？

"看起来，日高先生当时是在写这部小说，直到去世的那一刻。"

"这样说起来，当时电脑是开着的状态。"

"屏幕上显示的就是这部小说。"

"原来如此。"我突然想到一件事，于是问加贺，"小说写到什么程度了？"

"您说的'什么程度'是指……"

"就是写了几页的意思。"我告诉他，日高今晚必须写出三十页稿纸的内容。

"电脑版式和稿纸不同，所以我也说不准，但至少不是一两页的量。"

"那么是不是可以从页数来推断案发时间？因为我离开日高家时，他还没有开始工作。"

"这一点我们警方也考虑到了，不过稿子应该不是以恒定的速度写成的吧？"

"话是这样说，但至少速度是有上限的。"

"对于日高先生来说，这个上限是多少？"

"怎么说好呢，之前他曾对我说，他一个小时大概能写出四页。"

"所以就算再快,一个小时也只能写出六页左右?"

"可以这么理解吧。"

听到我的回答后,加贺陷入了沉默,好像在脑海中计算着什么。

"有什么不对的地方吗?"我问他。

"现在还不知道。"加贺摇了摇头,"电脑上的小说是不是这次要连载的部分,也还没有得到确认。"

"啊,这样子。也就是说,他也有可能只是把已经发表过的内容调了出来?"

"这一点打算明天问一下出版社。"

我马上在心中推算起来:理惠说藤尾美弥子是五点左右离开的,而日高打给我时是六点多,如果他这段时间里一直在写,那么应该写了五六页。问题是,除此之外,他又写了几页呢?"你看,这可能属于侦查的保密内容,"我试着向加贺问道,"但我还是想问一下,推断出死亡时间了吗?警方认为是几点呢?"

"这确实是保密内容。"加贺苦笑道,"不过嘛,算了。虽说具体情况还得取决于解剖结果,不过我们推测是五点到七点之间,应该不会有太大出入。"

"我是六点多接到电话的……"

"嗯。如此一来,应该在六点到七点之间。"

等等。

也就是说，日高在和我通完电话后马上就被杀了。

"日高是被怎样杀死的？"我小声问道。加贺露出一脸惊讶的表情，可能是觉得尸体发现者这么问未免太奇怪了。但我真的不记得他的死法了，坦白说，我害怕得根本就不敢直视。

我这样解释后，加贺也很理解："这一点也要等解剖结束后才能有定论，不过简而言之，他是被勒死的。"

"勒死？是被勒住脖子了？用绳子还是什么？"

"颈部缠有电话线。"

"怎么会……"

"除此以外还有一处外伤：他的后脑勺看起来遭受过重击。现场掉落了一个黄铜镇纸，我们怀疑是凶器。"

"你是说有人从背后打了他，趁他昏迷时将他勒死？"

"就目前的情况来看，是这样的。"加贺说道，又放低了声音，"刚才和您说的情况想必随后会公开，但在那之前还请您保密。"

"嗯，这是当然。"

警车终于开到了我的公寓楼下。

"谢谢你们送我回来，帮了我大忙。"我向两位警官道谢。

"我们才是，您的话很有参考意义。"

"那我先走一步。"

我正要下车，"啊，稍等，"加贺叫住了我，"可以告诉我连载那部小说的杂志名吗？"

我报出了聪明社的月刊杂志的名字，加贺却摇了摇头："我是想问您的小说登在什么杂志上。"

我皱了皱眉，以掩饰害臊，有些生硬地说出了杂志名称。加贺将它写在了记事本上。

回到家后，我怅然若失地坐在沙发上，这一天发生的事完全不像真的。人的一生中再难有这么一天了。想到这里，我甚至不舍得睡觉，不，就算我想睡，今天晚上恐怕也是不可能了。就在这时，我突然有了一个念头，想把这份体验记录下来。朋友被杀的悲剧，就由我亲手写下来。

这就是我写下这份手记的前因后果。我想一直写到真相大白之际。

4

早报登载了日高去世的消息。我昨天晚上没有看电视，不过现在这件事应该已经被大量报道了。最近十一点多以后也会有新闻节目。

报纸头版的一角登了一个简要的标题，事件的详细情况登在社会版上。日高家的照片很大，旁边印有日高的头像，应该是他生前配合杂志需要而拍的。

报道的内容与事实基本相符，只不过以下的表述或许会让读者误以为发现尸体的只有理惠一个人："妻子理惠女士从认识的人那里得知家里没有开灯，于是返回住所，发现日高先生倒在一层的工作间里。"通篇都没有出现我的名字。

根据报道，警方打算从陌生人作案和熟人作案两个方向展开侦查。从玄关上着锁可以推测，凶手大概率是从工作间的窗户进出的。

我合上报纸，起身准备做早餐时，门铃响了。我看了看挂钟，才刚过八点，没想到这么早就会有访客。我拿起平时很少使用的对讲门铃的话筒。

"喂。"

"啊，是野野口老师吗？"女子的声音传来，听上去呼吸急促。

"我是。您是哪位？"

"这么早来打扰您，抱歉了。我是××电视台的，关于昨天晚上发生的事，可以问您几个问题吗？"

我大吃一惊。报纸上完全没有提到我的名字，电视台的人却已经察觉到我就是尸体发现者了。"哦，"我思考着该如何回复，肯定不能轻率地应答，"什么事？"

"就是昨天晚上日高邦彦先生在自家住宅被杀一事。听说和他的夫人理惠女士一起发现尸体的人是野野口老师您，请问这是事实吗？"

来人或许是 wide show① 的女记者,"老师"的称谓张口就来,让人有些扫兴。但不管怎么说,既然被这么问了,我也不能撒谎。

"没错,这是事实。"我答道。

对方高涨的热情透过房门传了进来:"老师,您去日高先生家是为了什么事呢?"

"不好意思,需要说的我已经都告诉警察了。"

"您是看到房子,觉得有异样,于是联系了理惠女士,具体来说是什么异样呢?"

"请您去问警察吧。"我挂断了。

虽然以前也有所耳闻,但电视台的人在采访时还真是无礼。事情才刚发生不久,我还没有心情跟人谈话,他们竟然丝毫不体谅。

我准备今天不出门了。虽然我很在意日高家的情况,但现在是不可能靠近现场的。

正当我把牛奶放到微波炉里加热时,门铃又响了。

"我是电视台的人,可以和您简单聊聊吗?"这次是男子的声音,"举国上下都想了解详细情况。"

若非日高的死是件悲剧,听到这么夸张的台词,我简直要苦笑出来。

---

① 一种日本特有的资讯节目,氛围往往较为轻松。

"我只是发现了尸体而已。"

"但是您和日高先生关系很近,不是吗?"

"话虽如此,但关于案子我没有更多可说的了。"

"稍微透露一点也行。"男子穷追不舍。

我叹了一口气。眼下我更关心的是,如果门口一直都这么多人,肯定会打扰到邻居。

我放下听筒,走出玄关。一开门,话筒便一齐递到我的面前。

结果,一整个上午我都不得不应付各种采访,连早餐都没能好好吃。挨过了中午,我才吃上即食乌冬面,一边看着 wide show。当我的面部特写出现时,我呛住了。早上才拍摄到的画面,已经在电视上播放了。

"野野口先生,您和日高先生从小学就认识了,那在您看来,日高先生是个怎样的人呢?"一个女记者用刺耳的声音提问。

镜头中,听到这个问题的我开始陷入深思。我当时没有意识到,自己竟沉默了这么久,影像就这样静止了,大概电视台没来得及对素材进行编辑处理。这样看着画面,我才意识到周围的记者都一脸焦急。

"他是一个个性极强的人。"镜头中的我终于说话了,"他人很好,同时也有非常冷酷的一面,这让我很震惊。不过或许人都是这样的。"

"'冷酷'的具体表现可以举一个例子吗？"

"比如……"刚开口我就摇了摇头，"我一下子想不起来，现在也不是谈这个的场合。"我想到的是日高杀猫那件事，但这可不能在公共平台上说。

"您有什么话想对杀害日高先生的凶手说吗？"几个有些低俗的问题过后，女记者打出了本垒打。

"没什么特别想说的。"我答道。记者们显得很失望。

之后，演播厅的主持人开始介绍日高的作家生涯。逻辑大概如此：日高笔下各种各样的世界背后，是他本人复杂的人际关系，而这次的事件或许也是由此衍生出来的。

接着主持人提到最近日高陷入的风波：《禁猎地》一书主人公原型的遗属就作品提出抗议。当然，媒体还并不知道身为遗属的藤尾美弥子昨天曾去过日高家。

不光主持人，就连只是偶然作为嘉宾参加节目的艺人，都对日高的死信口开河。我感到一阵莫名的厌恶，于是关掉了电视。想要了解重大事件，去看NHK的报道是最好的，可惜日高的死还不足以让公共频道推出特别节目。

电话响了，今天已经不知道是第几次了。如果是和工作相关的电话，不接就糟了，所以我只能拿起听筒。但至今为止所有电话都是媒体打来的。

"喂，我是野野口。"我的语气不太友好。

"您好，我是日高。"对方声音沉稳，一听就是理惠。

"哦，您好。"这种场合下该说什么才好，我一时间反应不过来，"那之后怎么样了？"我问得不明不白，但当下也别无他法。

"我昨天回父母家住了。我知道必须联系许多人，但实在是没有这个心情。"

"也难怪。您现在在哪里？"

"在自己家。今天早上警察打来电话，说想查看现场并再问我些问题。"

"都结束了吗？"

"结束了，不过警方的人还在。"

"媒体很烦吧？"

"是啊。幸好有出版社的人，还有之前和我丈夫打过交道的电视台的人在帮忙应付。"

"这样啊。"我本想说"那就好"，但又把话咽了回去，这不是该对昨晚刚失去丈夫的人说的台词。

"倒是野野口先生，您被电视台那些人打扰得够呛吧？我没有亲眼看到，但是听出版社的人说了，觉得太对不起您了，所以给您打了电话。"

"原来是这样啊。不用担心我，我这边也暂且消停了。"

"实在是抱歉。"

理惠的声音听起来十分真诚。她现在应该是这个世界上最悲痛的人之一，却还有精力顾及别人的感受，这让我十分佩服。我再次感到，这个女人太坚强了。"有什么需要我帮忙的吗？不用顾虑，尽管直说。"

"不用了，我丈夫家的亲戚还有我母亲都来了，没关系。"

"这样啊。"我想起日高有一个长他两岁的哥哥，他们的老母亲被哥哥一家接到了身边一起生活。"不过，如果有什么我可以做的，还请告诉我。"

"谢谢您，那就先不打扰了。"

"多谢您特意打来。"

挂断电话后，我的思绪仍停留在理惠身上。她今后该如何生活呢？她还很年轻，而且听说娘家是做货运行业的，经济条件优渥，在生活上应该不会有什么问题。只是要从现在的打击中重新振作起来，大概要花很久吧，毕竟他们结婚才一个月。

曾经，理惠不过是日高的狂热书迷之一。通过一次工作上的交集，她得以见到日高本人，后来两个人才开始有了私下来往。我想，理惠昨天晚上同时失去了两样极其宝贵的事物：一个是丈夫，另一个则是作家日高邦彦的新作品。

正当我这么想的时候，电话铃又响了。这次是邀请我参加wide show 的，我当场拒绝了。

5

加贺警官是在傍晚六点多来的。对讲门铃响起时,我以为又是媒体,于是不情不愿地应答,没想到来者是他。不过他并非单独一人,还带了一个比他年纪小一些的警官,姓牧村。

"不好意思,有两三个问题想问您。"

"我已经猜到了。快,进来吧。"

加贺没有脱鞋,而是问道:"您在吃饭吗?"

"还没呢,倒是正想着吃点什么好呢。"

"那要不要一起去外边吃?实话跟您说,我们一整天都忙着问话,到现在还没吃饭呢。是吧?"加贺征求牧村的意见,后者一脸苦笑。

"可以啊。去哪里呢?我知道有家炸猪排做得很好的店,要不去那儿?"

"我们去哪里都可以。"加贺说完,又突然像想到了什么似的,用大拇指指了指身后,"前边有家家庭餐厅吧,老师您昨天晚上去的是不是就是那家店?"

"是啊。你想去那里?"

"您看可以吗?那里又近,咖啡还可以无限续杯。"

"感觉很不错呢。"牧村附和道。

"我都行。那稍等,我收拾一下。"

我边换衣服边想,为什么加贺要邀请我去那家餐厅,这背后有什么原因呢?还是像他说的那样,仅仅是因为那里又近又有咖啡喝?我想不出答案,就这么离开了房间。

到了餐厅后,我点了焗虾,加贺和牧村分别点了羊排和汉堡排套餐。

服务员离开后,加贺直奔主题:"您看,关于留在日高先生电脑屏幕上的小说,题为《冰之扉》的那部。"

"嗯,我明白,你说要调查屏幕上显示的内容是昨天新写的,还是已经发表过的。查清楚了吗?"

"查清楚了,看样子是昨天新写的。我们询问了聪明社的相关负责人,得知这部分和此前的连载完美地衔接上了。"

"也就是说他被杀的前一刻还在努力工作啊。"因为马上要出发去加拿大了,就连日高也动真格了吧。要是放在平时,他应该会找各种理由拖延,就算让编辑苦等也毫不在意。

"但有个地方有点奇怪。"加贺微微探身,右肘支在桌上。

"奇怪是指……"

"原稿的页数。如果按一页四百字算,那么总共有二十七页。即使日高先生是在藤尾女士离开后,即五点刚过就立刻动笔,那也实在是太多了。您昨晚也说过,日高先生最快一小时能写四到六页。"

"二十七页?那确实不少。"我是八点抵达日高家的,假设在那之前日高还活着，那他一个小时得写九页。

"这样一来，"我说，"或许是他撒谎了。"

"撒谎？"

"可能实际上昨天白天他就已经写了十几二十页，但又摆出自己特有的姿态，宣称一页还没写出来。"

"出版社的人也是这样认为的。"

"是吧。"我点了点头。

"但是日高先生在理惠夫人离开家时说过，自己可能要深夜才能到酒店。然而实际上，他最晚在八点之前就已经写完二十七页了。《冰之扉》的连载每回需要三十页左右，所以他已经基本完成了。我明白作家会拖稿，但是也存在比预计时间提前这么多完成任务的情况吗？"

"大概是存在的吧。写作不是机械性的劳作，没有想法的时候，就算耗在书桌前再长时间也写不出一页。相反，灵光乍现的时候就能一气呵成了。"

"日高先生也是这样？"

"是吧。不如说基本上所有作家都是这样。"

"这样啊。我个人很难想象啊。"加贺的身体不再前倾。

"我不太明白你们为什么揪着页数不放。"我说，"总而言之，不就是小说在理惠离开家时还没写完，但发现尸体时已经快写完了吗？说来说去，不就是日高在被杀之前做了一点工作吗？"

"或许正如您所说。"加贺点了点头，但看上去并没有发自内心认同。

看着这个自己教师时期的后辈，我不由得想，所谓刑警就是这样，对一切细枝末节都紧咬不放。

这时服务员端来了饭菜，我们的谈话也中断了一阵。

"对了，日高的遗体怎么样了？"我试着问道，"你说过会进行解剖。"

"今天已经完成了。"加贺说着，看向牧村，"你在场，对吧？"

"没有，那不是我，不然我也不可能在这儿吃这个了。"牧村将叉子扎进汉堡排，脸皱了皱。

"也是啊。"加贺苦笑道，"您为什么问起解剖的事呢？"

"没有，我是在想是不是可以推断出死亡时间了。"

"我还没有仔细看解剖结果，不过死亡时间应该是很明确的。"

"这可靠吗？"

"取决于推断的根据，比如说——"说到一半，他突然摇摇头，"算了，还是算了。"

"为什么？"

"您的焗虾该难以下咽了。"他指了指我的盘子。

"这样。"我点了点头，"那还是免了吧。"

加贺颔首，似乎在说"这就对了"。

吃饭的过程中，他没有再谈案子，只提了跟我写的儿童读物有关的问题：最近大家都读什么类型的书，我对于阅读怎么看，等等。我回答，畅销书都是文部省推荐的图书，孩子不爱读书也是受到了家长的很大影响。

"简而言之，当今的家长明明自己都根本不读书，却要求孩子必须读，而他们没有读书的习惯，不知道该让孩子读些什么，便要求政府进行推荐。可是那些推荐图书都一板一眼，毫无趣味，因此孩子都变得讨厌书了。这种恶性循环大概会永远持续下去吧。"

两位警官边吃肉排，边感慨地听着，也不知道听进去了几分。

他们点的是套餐，所以最后送来了咖啡。我另点了一杯热牛奶。

"您抽烟吧？"加贺把手伸向烟灰缸，问我。

"不了。"我答道。

"哦？您戒烟了？"

"对，大概两年前医生让戒的。对胃不好。"

"这样啊，那咱们刚才应该去禁烟区的。"他将手收了回去，"作家总给人吸烟的印象，日高先生的烟瘾好像也很大呢。"

"哦，确实，他工作时，房间里就像在进行除虫似的。"

"昨天晚上您发现尸体时是什么状况？房间里还有烟味吗？"

"是怎样的呢？当时场面太混乱了。"我喝了口牛奶，回想起来，"的确有点烟味，对，我觉得没错。"

43

"明白了。"加贺也将咖啡杯送到嘴边，然后慢条斯理地取出记事本，"有一件事想跟您确认一下，关于您八点到达日高家这一点。"

"嗯。"

"野野口老师，当时您按了对讲门铃，但是没人应答，家里也没有亮灯，于是您才给理惠夫人下榻的酒店打了电话，对吗？"

"对。"

"家里的灯，"加贺直直地看向我，"真的一盏都没有亮吗？"

"一盏都没亮，没错。"我迎着他的目光回答道。

"但是从门口是看不见工作间的窗户的吧。您当时去到庭院里了吗？"

"不，我没有去庭院。但是从门口稍微探一下头，就可以看到工作间的灯是没亮着的。"

"是这样吗？"加贺的神情中流露出些许怀疑。

"工作间窗户的前方就是一棵高大的八重樱，如果工作间亮着灯，就该很清楚地看到那棵树。

"哦，原来是这样。"加贺与牧村相视点头，"这样一来我们就明白了。"

"这一点有那么重要吗？"

"不，请您把这个当成单纯的信息确认。如果我们汇报时含糊不清，会被上司训斥的。"

"你们的上司很严厉嘛。"

"在哪儿都不容易。"加贺的笑容让我回想起他当老师时候的模样。

"所以侦查怎么样了？有什么进展吗？"来回看了看两位警官，我的视线落在了加贺身上。

"目前还处于起步阶段呢。"加贺的话说得滴水不漏，同时也在暗示不方便透露侦查的情况。

"电视上说或许是陌生人作案，可能有人抱着行窃的目的入侵，被日高发现后只得将他杀了。"

"这种可能性倒也不能说为零。"

"这样说来，你们没怎么往这个方向考虑？"

"可以这么说。"后辈在场，加贺显得有些顾忌，"我个人认为可能性微乎其微。"

"为什么呢？"

"闯空门的一般会从玄关入侵，这样一来就算被发现，也能找到理由脱身，从玄关离开。但是您也知道，日高家的玄关门是锁着的。"

"凶手应该不可能特意将门锁上……吧？"

"日高家有三把钥匙，其中两把在理惠夫人那里，另外一把在日高先生的裤子口袋里。"

"但也并非就没有从窗户出入的小偷吧?"

"有是有,但那往往是计划性很强的犯罪。他们会事先做好调查,确保家里没人、也不会被行人目击后,才会作案。"

"这种方向就完全说不通吗?"

"毕竟,"加贺露出洁白的牙齿,"如果事先做过调查,就该知道那栋房子里已经什么都不剩了。"

"啊!"我开了口,看了看两位警官。

"是啊。"牧村微微一笑。

"就我个人来说,"加贺停顿了一下,显得有些犹豫,接着继续说道,"我认为是熟人作案。"

"嘿,你就这么告诉我了?"

"这话我只在这儿说。"加贺将食指抵在唇上。

"嗯,我明白。"我点点头。

接着,他向后辈使了一个眼色,年轻警官拿着消费券站了起来。

"别,我来吧!"

"不必了。"加贺伸手制止了我,"是我们邀请您过来的。"

"但这不能报销吧?"

"不能。只是顿晚饭而已。"

"不好意思啦。"

"您别在意。"

"但是……"我看向收银台,牧村正在结账。他的样子有些怪异。他和收银的女孩说了些什么，女孩看了看我，然后回了他几句。

"抱歉。"加贺没有看向收银台，仍旧直视着我，表情也没有发生任何变化，"他在确认不在场证明。"

"我的吗？"

"是的。"他轻轻点了点头，"已经和童子社的大岛先生确认过了，但是我们必须尽可能证实一切，这是警方的行事作风，还请您原谅。"

"所以你们才选了这家餐厅？"

"如果选在和当时不同的时间来，服务员可能会记错。"

"原来是这样啊。"我打心底里感到佩服。

牧村回来后，加贺问他："账算对了吗？"

"是的，算对了。"

"那就好。"加贺说着，又看向我，眼睛眯了起来。

我告诉加贺自己正在记录这个案子，他对此表现出了强烈的兴趣。这时我们走出餐厅还没几步，如果我没告诉他这些，我们应该就直接在我的公寓门口话别了。

"这样的经历我这一生可能就只有这一次了，所以我想以某种形式记录下来。不过，你也可以把它看成是作家的本性。"

加贺若有所思地沉默片刻后，说道："可以让我看看您写的东西吗？"

"给你看看？欸，可我并不是为了让别人看才写的。"

"拜托了。"他低下了头。牧村也跟着这么做。

"快饶了我吧。大庭广众之下，这样让我很难堪啊。再说了，我写的内容都已经和你们说过了。"

"那也没关系。"

"真是没办法。"我挠挠头，叹了一口气，"那你们要上来吗？还有，我用的是文字处理机，打印出来需要些时间，你们得等等。"

"十分乐意。"加贺说道。

两位警官进了我的家门。我开始打印时，加贺凑了上来。

"原来这就是文字处理机啊。"

"是啊。"

"记得日高先生房间里的是台电脑。"

"他的好奇心很旺盛。"我说道，"用电脑与人通信、玩游戏什么的，他想尝试的东西有很多。"

"野野口老师不用电脑吗？"

"我用这个就足够了。"

"出版社的人经常来家里取原稿吗？"

"不，我一般用传真机，就是那台。"我指了指放置在房间一角的传真机。我家只有一条电话线，同时连接着无绳电话的主机。

"但是昨天出版社的人倒是来取了。"加贺将头抬了起来。

不知怎的,我觉得他的眼神里有一种意味深长的东西。"是熟人作案"——我想起刚才他说的话。

"昨天是我特意让他过来的,因为想当面商量点事情。"

听到我的回答后,他沉默着点了点头,没有再多说什么。

文稿打印好后,我将它们递了过去:"说实话,我隐瞒了一些事。"

"这样吗?"他似乎并没有多么吃惊。

"你看过后应该就明白了,和案子无关,只是我不想说什么让别人被怀疑的话。"

我指的是日高杀猫那件事。

"我明白了。人都有难言之隐。"

两位警官接过我打印好的手记,毕恭毕敬地道别后,离开了我家。

好了。

加贺他们一走,我就开始写今天的部分,也就是说,这部分是紧接着我交出去的部分的。往后的内容他或许也想读,但我在写的时候要尽量忘掉这一点,否则这份手记就没有意义了。

6

距案发已经过去两天了。日高邦彦的葬礼在离他家几公里的一座寺庙举行，许多出版界人士都来了，就连上香都需要排队。

电视台的人也在。工作人员和记者看似严肃，而作为旁观者的我知道，他们就像蛇一样，左看右看，渴望捕捉到戏剧性的一幕。只要参加吊唁的人掉了一滴眼泪，镜头就会马上转过去。

我上完香后，站到接待宾客的帐篷旁，看着接连不断的前来吊唁的人。其中也有艺人的身影。我想起他们出演过日高小说改编的电影。

上香结束后是诵经和丧家致辞。一身黑色西服的理惠手握念珠，平静地向宾客致谢，叙说着与丈夫无法割舍的感情。本已回归沉寂的现场，啜泣声从各个角落传来。

一直到致辞结束，凶手也好，憎恨也罢，理惠都只字不提。这反而让人更能感受到她的愤怒和悲痛。

棺材被抬出来后，宾客开始陆续离场时，我看到了一个意想不到的人。她正独自一人往前走。

就在她走出寺庙的时候，我打了声招呼："藤尾女士。"

藤尾美弥子站定回头，长发随之摇摆，波浪一样。

"您是……"

"前天我们在日高家见过的。"

"是的，我想起来了。"

"我是日高的朋友野野口。另外，和您哥哥也是一个年级的同学。"

"是，那天听日高先生说起过。"

"我想和您说几句话，请问您现在有空吗？"

她看了看手表，然后望向不远处："有人在等我。"

我顺着她的视线望过去，只见路边停着一辆浅绿色的面包车，驾驶席上坐着一个年轻男子，正看向这边。

"那位是您先生吗？"

"不，并不是。"

我理解为是她的恋人。"那在这儿说也行。我有几个问题想请教。"

"什么问题？"

"那天您和日高谈了些什么内容？"

"和一直以来一样的内容：要求尽可能地召回市面上的书，他公开承认错误，并修改书中内容，不能再牵扯到我哥哥。另外，我听说他要前往加拿大了，所以也想和他确认一下，他接下来打算在这件事上怎样表达诚意。"

"日高是怎么说的？"

"他说他会继续诚恳地应对，但并不打算扭曲自己一直以来坚守的信念。"

"也就是说他不能答应您的要求？"

"他似乎认为，只要不是为了满足曝光欲，而是出于对艺术的崇高追求，在某种程度上践踏原型人物的隐私也是不可避免的。"

"不过您是不认同这一点的。"

"那当然了。"她紧绷的嘴唇放松了一些，但离露出笑容还差得很远。

"所以那天你们最后没谈到一起去？"

"他向我保证，一旦在加拿大安顿下来，就会马上联系我，以某种形式继续我们的对话。看起来他在临行前的事情比较多，继续纠缠也没有意义，我就答应他了。"

日高也不可能再多说些什么了。

"然后就直接回家了吗？"

"您说我吗？是的。"

"半路上没有去过其他地方吗？"

"对。"藤尾美弥子点点头，然后睁大眼睛盯着我，"您是在确认我的不在场证明吗？"

"没有，并不是这样。"我低头擦了擦鼻子下方。但这不是确认不在场证明是什么？我自己也觉得奇怪。

她叹了一口气。"昨天警察来了，也问了和您一样的问题。不，方式更直接，问我'恨不恨日高先生'。"

"啊。"我看向她,"您是怎么回答的?"

"我说我不恨他,只是希望他能尊重逝者。"

"看来您确实很反感《禁猎地》。"我说道,"这本书亵渎了您哥哥吗?"

"每个人都有秘密,都有不将其公开的权利,死人也是。"

"如果有人认为这个秘密很感人呢?想将这份感动传达给更多人,就那么罪不可恕吗?"

"感人?"藤尾美弥子打量着我的脸,然后缓缓地摇了摇头,"对少女施暴的中学生的故事感人吗?"

"有时候这样的背景描写对感人故事来说是不可或缺的。"

她又叹了一口气,显然是为了让我看到。"野野口先生,您也写小说吧?"

"是的,不过是儿童向的。"

"您这样拼命袒护日高先生,是因为您也是作家吗?"

我稍微思考了一下,说道:"或许是的。"

"还真是一份令人厌恶的工作呢。"她看了看手表,"我赶时间,先走一步。"转身向等待她的汽车走去。

回到公寓后,我在信箱里看到一则留言:"我在上次的餐厅,请给我来电。加贺。"

还附了一个电话号码,可能是餐厅的。

我回家换好衣服后,没有打电话,直接去了餐厅。加贺坐在靠窗的位置上读书。书店的书皮包在外头,我看不到封面。

见我来了,他匆忙准备起身。我伸手制止。"别了,坐着吧。"

"辛苦您跑一趟,抱歉。"他低下头,应该是知道日高的葬礼在今天举行。

我向服务员点了一杯热牛奶,然后坐了下来。"我知道你想要什么,是这个吧?"我从上衣口袋里拿出折叠起来的纸,放到他的面前。这是我昨天写的手记,出门前我打印好了。

"实在抱歉,帮我大忙了。"他伸手拿过纸,将它展开。

"对不住啊,可以别当着我的面读吗?如果你看过昨天给你的部分就应该知道,这里面还写到了你,所以我总归有些不好意思。"

他也笑了:"也是。那我就先不看了。"说着,又把纸叠了起来,放到了上衣内袋里。

"那么,"我喝了一口水,然后问道,"我的手记对你多少有点帮助吗?"

"有帮助。"加贺马上答道,"案件的氛围光凭耳听是不太明白的,但以书面形式呈现出来,很容易就能把握了。真希望其他案件的目击者或发现人也能这样写写啊。"

"那就好。"

服务员端来了热牛奶,我用勺子将奶皮舀去,问道:"关于猫那件事，你怎么看？"

"我很震惊。"他回答道，"是听说过猫会惹麻烦，但从来不知道有人可以因此做到那种地步。"

"想调查猫的主人、那个家庭主妇吗？"

"已经汇报给了上司，现在有人在调查了。"

"这样。"我喝着牛奶，打小报告让我心里有些不是滋味，"其他部分应该和我跟你们说过的一样。"

"确实。"他点点头，"不过一些细节也很有参考价值。"

"还有那样的地方啊？"

"比如说老师您和日高先生在房间里对话的部分。当时日高先生抽了一根烟，我要是不读您的手记，就不会知道这件事。"

"呃，究竟是不是只抽了一根我不知道，也可能是两根。总之是记得他抽烟了，所以就那样写下来了。"

"不，就是一根。"他断言道，"不会错的。"

"好吧。"

我不知道这件事和案子有什么关系，或许警察在看待事物时有他们独特的方法。

我又告诉加贺，葬礼结束后我和藤尾美弥子说过话。这似乎让他产生了兴趣。

"结果我也没问出来。她有没有不在场证明呢？"

"有别的同事在调查，不过听说确实是有的。"

"这样啊。那是不是就没有必要再考虑她了？"

"老师您在怀疑她吗？"

"怀疑倒谈不上，只是如果说谁有动机，的确不能排除她。"

"动机是指家人的隐私被侵犯了吧。但就算杀掉日高先生，也解决不了问题呀。"

"可以认为是日高没有展现出足够的诚意，她一怒之下动手的吗？"

"但是她离开日高家时，日高先生还活着。"

"也可能是先离开再折返。"

"怀着杀人的意图？"

"对。"我点点头，"怀着杀人的意图。"

"但那时理惠夫人还在家。"

"或许是趁理惠离开后潜进去的。"

"藤尾美弥子女士知道理惠夫人要出门吗？"

"也可以认为是她通过先前简单的对话推测的。"

加贺双手手指交叉，置于桌上，两个大拇指抵在一起又分开。几个回合后，他说："从玄关潜入的？"

"不，从窗户吧，玄关可是锁着的。"

"一个穿着西服套装的女子从窗户入侵？"他笑了，"而且日高先生还无动于衷地看着她那样做？"

"趁日高上厕所时潜入就可以，再躲到门后等他回来。"

"拿着镇纸？"加贺右手握拳，微微抬了抬。

"是这么回事。接着，就在日高进来的时候，"我也动了动右拳，"拿着镇纸朝他的后脑勺砸了下去。"

"原来如此。然后呢？"

"嗯，"我想起前天从加贺那里听到的信息，继续道，"勒住了他的脖子。用的是电话线，对吧？然后就逃走了。"

"从哪里呢？"

"当然是从窗户啊。如果是从玄关离开的，那我们到达时，玄关就应该没上锁。"

"确实是这样呢。"他把手伸向咖啡杯，才发现里面已经空了，就任杯子那样放着，继续说，"可她为什么没从玄关离开呢？"

"这就不太清楚了，可能只是不想被人看到吧，算是某种心理学上的东西吧。不过如果她有不在场证明，那这番话就都只是凭空想象了。"

"嗯，确实。"他说，"她是有不在场证明，所以老师您的这番话我也是当作凭空想象来听的。"

他的话让我感到有些意外。"就把它忘了吧。"

"但还是有参考价值，我认为是很有趣的推理。借着这个机会，我还想再听听您的推理。"

"我不敢保证能做出什么严谨的推理。说吧，是关于什么的？"

"为什么凶手要关掉房间里的灯呢？"

"这个啊，"我稍加思考，答道，"为了让人以为家里没人吧。万一有人来了也会直接离开，从而推迟尸体被发现的时间。实际上，当时我看到家里一片漆黑，也以为没有人在。"

"这样说来，凶手是想拖延尸体被发现的时间？"

"这就是所谓的凶手心理吧？"

"那么，"他说，"为什么电脑开着呢？"

"电脑？"

"对。老师您在手记中写到了，您进入房间时，看到屏幕发着白光。"

"确实不假。或许凶手觉得电脑开着也没什么大不了吧。"

"昨天和老师您分开后，我做了一个简单的实验：把房间的灯关掉，打开电脑显示屏。结果显示屏的光还真是亮啊。站在窗外，隔着窗帘都能隐约看到。我认为如果真的想让别人以为家里没人，就应该连电脑也关掉。"

"那就是凶手不知道怎么关。没有接触过电脑的人通常都不会啦。"

"不过显示屏应该还是能关掉的，因为只要按一下开关就行了。如果连这个都不会，那么直接拔掉电源线也可以。"

"大意了吧。"我说。

加贺直直地盯着我，然后点了点头。"是啊，没准是大意了。"

我也没有什么可说的了，于是选择了沉默。

他一边为耽误我的时间道歉,一边站了起来。"今天的对话也会写在手记里吗?"

"有这个打算。"

"那我之后也可以拜读一下吗?"

"嗯,没问题。"

他往收银台走去,中途突然停了下来。

"我果然不适合当老师吗?"他问我。我的手记或许透露出了这层意思。

"这只是我个人的想法。"我答道。

他目光低垂,叹了一口气,走开了。

加贺心中在想什么,我全然不知。如果他已经掌握了些什么,为何不对我挑明呢?

疑惑之章

加贺恭一郎的记录

这次的案件引起我注意的地方之一，是凶手使用了镇纸作为凶器。不消说，镇纸是日高邦彦房间中的物品。由此可以推断，凶手到日高家时，并没有杀害日高邦彦的意图。如果凶手一开始就打算杀人，肯定会准备好相应的工具。自然，也有可能准备了工具，却因意外情况不得不改变杀人手法。即便如此，改用镇纸击打也显得欠缺计划性。因此，将此案视为临时起意的冲动犯罪是妥当的。

但是这样一来，日高家上锁的门就很令人在意。据第一发现者所说，玄关和工作间的门都是锁着的。关于这一点，日高理惠做了如下表述：

"我在五点多离开家时，锁上了玄关门，因为担心我丈夫在工作间埋头工作，假如有人从外面进去了，他也注意不到。但我做梦也没想到，居然真的会发生那种事。"

根据鉴定结果，门把手上只检测出了日高夫妇的指纹。并且，没有手套接触过和用布擦拭过的痕迹。这样一来，可以认为玄关门自日高理惠离开家时上锁后就一直维持这种状态。

另外，工作间的锁极有可能是凶手从内部锁上的。与玄关门不同，工作间的门把手上检测到了指纹被擦拭过的明确痕迹。

以上情况使我认为凶手是从窗户进入的。但是这样一来就会产生矛盾。如果凶手一开始没有打算杀人，又为何会从窗户进入？入户盗窃的可能性很低，因为日高家没有什么可偷的东西，这一点就算对于案发当天才初次到访日高家的人来说，也会是显而易见的。

不过，有一个推理可以解决这个矛盾：凶手当天去了日高家两次。第一次是为了达成原本的目的，是从玄关进入的。离开日高家后（准确来说是假装离开后），又去了第二次。此时此人默默抱着某种决心，从窗户潜入了。"某种决心"自然是指杀意。而这份杀意，应该是第一次拜访时萌发的。

这样一来，问题便在于案发当天都有谁去了日高家。截至目前可以确定的有两个人：藤尾美弥子和野野口修。我们将侦查范围缩小到这两个人身上，但是结果与我们的设想相反，他们都有不在场证明。

藤尾美弥子是在当天傍晚六点回到自己家的。证明这一点的，是她的未婚夫中冢忠夫和二人的媒人植田菊雄。据他们说，当时他们在为下个月的婚礼商量聘礼的事宜。植田是中冢的上司，和藤尾美弥子没有直接的关系，没有必要为了下属的未婚妻说谎。另外，据日高理惠所说，藤尾美弥子是在五点多离开日高家的，不过考虑到日高家和藤尾美弥子住所之间的距离和交通状况，她在六点抵达自己家是一件再正常不过的事。藤尾美弥子的不在场证明堪称完美。

接下来是野野口修。不可否认，我在考量这个人时，多少带有一些私人情感。他曾是我的职场前辈，是知道我不愉快过去的人之一。

但是在我们这一行，是绝对不能因为私人关系影响侦查的。面对这次的案子，我已经下定决心，尽可能客观地看待我和他共同拥有的过去。我并非打算忘掉过去，因为在某种情况下，它或许会成为解决案子的有力武器。

至于案发当天的不在场证明，野野口修自己这样声称。

下午四点三十分，藤尾美弥子来到日高家，野野口修就此离开，直接回到了自己的住所，一直工作到快六点。接着，童子社的编辑大岛幸夫六点抵达，二人开始商量工作。过了一会儿，日高邦彦来电，说有事想谈，希望野野口修八点来他家一趟。

野野口修和大岛去了附近的家庭餐厅，饭后便独自前往日高家，到时八点左右，看到家里似乎没有人，觉得不对劲，于是联系了日高理惠。理惠到来前，他一直在附近的咖啡店"洋灯(Lamp)"边喝咖啡边等待，八点四十分左右返回日高家，日高理惠刚好抵达。两人进屋,发现了尸体。

如果只是这样梳理一下,会觉得野野口修的不在场证明也近乎完美,童子社的大岛和洋灯咖啡店的店主也都能为他作证。

但是也并非牢不可破。即使他所言不假,他在给日高理惠打电话之前也有机会作案。推理如下:和大岛分开后,他去了日高家马上就把日高邦彦杀害了,待做完一系列善后工作,才装作什么都没发生过一般,给被害者的太太打去了电话。

但这一推理要想成立,需要有法医学上的支持。当日白天,日高邦彦在和妻子购物途中吃过汉堡,从消化情况来推断,可知死亡时间在下午五点到六点之间,再晚也不可能超过七点。

果然只能判断野野口修拥有完美的不在场证明了吗?

然而坦率地说,我仍怀疑凶手就是他。原因在于案发当日晚上他不经意地说的一句话。听到那句话的瞬间,我便开始推敲他是否有可能是凶手。我明白凭直觉行动的效率极低,但这一次,就这一次,我决定听从直觉。

野野口修把案子记录了下来,这一点让我十分意外。假如他是凶手,他是断不会把案件的细节明明白白写出来的。但是就在我阅读他手记的过程中,我意识到他真正的想法与此截然相反。

手记写得很有条理。而有条理的文字是有说服力的,读者在阅读的过程中,会忘记内容本身未必是真实的。不过,这不正是野野口修的意图吗?

我试着想象。作为凶手，野野口修要设法转移自己的嫌疑。他料到警方会因为时间的问题对他起疑。这时，一个曾和他在同一所学校任教的人出现在了他面前。他决定利用这个人，便写了一份虚假的手记，让此人去读。此人曾是一个不成熟的教师，现在也肯定是个没有能力的警察，用这个花招大概轻而易举就能把他给骗了。

或许是我恶意揣度了吧。或许摈弃私人情感的念头太强，反而导致自己看不清真相了。

不过我最终还是在他的手记中发现了几处陷阱，而且讽刺的是，表明凶手只可能是他的重要间接证据也在这份他自己写下的手记里。

比较麻烦的是他的不在场证明。不过所谓不在场证明，也不过是他的一家之言。他六点多接到的那通电话到底是不是日高邦彦打来的，谁也不知道。

我重新从头梳理了一下此案的几个疑问和谜团，注意到它们实际上仅仅由一条线相连，破解的关键也在野野口修的手记里。

我把自己的推理又审视一遍后，报告给了上司。我的上司是一个性格谨慎的人，但这次也对我的想法表示认同。他第一次见到野野口修时，似乎也认为此人很可疑。手记中虽然没有写，但是案发当晚野野口修表现得异常兴奋，语无伦次。我和上司都明白，这是真凶的典型表现。

"问题在于物证。"上司说道。

我也有同感。我对自己的推理充满信心，但不可否认，这些都只是基于间接证据得出的推断。

还有一个问题，那便是杀人动机。日高邦彦自不必说，野野口修的信息我也收集了许多，只是目前还找不到他杀害日高邦彦的理由。相反，从介绍工作这一点来说，日高邦彦甚至可以称得上是野野口修的恩人。

我开始在记忆中搜寻，过去的野野口修是个怎样的人。在中学当语文老师时，他是一个遇到任何事情都很冷静，能按部就班把一切办妥的人。即便遇到学生捅了大娄子的突发情况，他也丝毫不慌张，而是参考先例，选择一种在眼前的情境下最保险的做法，很有一套。说得不好听一点儿，就是从来不自主判断，只按规矩来。针对他的这一特点，一位教英语的女老师曾对我说："野野口老师其实根本就不想当老师吧，正是因为他不想为学生的事情烦恼，也不愿承担多余的责任，才会那样尽可能冷静地处理事情。"

她还说，野野口老师恨不得快点辞掉工作，成为一名作家。他也很少参加老师们的小酌聚会，似乎净待在家里写稿了。

结果野野口修真的如她所想的那样，成为了一名作家。不过他对教师这份职业有何看法，我并不清楚，只记得他曾对我说过这么一番话："教师和学生之间的关系，是建立在错觉上的。教师错以为自己在教授什么,学生错以为自己在学习什么。重要的是,这种错觉让双方都幸福。毕竟看清真相反而没有一点好处。我们在做的,不过是教育的过家家而已。"

他是基于何种体验说出这番话的,我不得而知。

解决之章

野野口修的手记

以下内容是我在获得了加贺警官的许可后写的。在他离开这间屋子前,我拜托他无论如何请让我把手记写完。他开恩同意了。不过想必他无法理解,为什么在这种局面下,我仍想继续写下去。就算我告诉他,即使是虚假的手记,一旦落笔就想把它完成,这正是作家的本能,他可能也不会明白吧。

但对我来说,这一小时上下的经历是值得记录的。将印象深刻的经历记录下来也是作家的本能吧,哪怕这是自我毁灭的记录。

加贺是在今天,也就是四月二十一日的上午十点整来的。门铃响起的瞬间,我就有一种预感,发现来访者是他时,我知道我的预感成真了。但我还是努力掩饰着内心的波动,迎他进了门。

"突然来访实在是抱歉,想和您说点事情。"他的语气一如既往,十分沉稳。

"什么事?总之先进来吧。"

"好的,打扰了。"

我领他到沙发前,然后去泡茶。

"不用麻烦了。"他说道。

"你要说的事情是什么?"我把茶碗放到他的面前,问道。我意识到自己的手在颤抖,抬起头来,发现加贺也在盯着我的手。

他没有伸手拿茶碗,而是直视着我。"有一件难以开口的事必须要告诉您。"

"你直说。"我努力保持镇静,但心跳愈发剧烈,以至于此刻回想都足以引起眩晕。

"我们想要对老师的住所……这个房间进行搜查。"加贺面露难色。

我先做出大吃一惊的表情,然后微微一笑。当然,我不知道表演得怎么样,加贺或许只看到我五官扭曲。

"什么意思?就算搜查我的房间,也找不出什么来。"

"要是那样就好了……但我想恐怕真的会有所收获。"

"等等,难道是这么回事……你认定杀害日高的人是我,而证据就在这间屋子里?"

加贺轻轻点了点头:"正是如此。"

"太让我惊讶了。"我摇着头,叹了口气,竭力表演着,"实在太出人意料了,我都不知道说什么了。除非,你在开玩笑?但怎么看你都是认真的。"

"是的,老师。很遗憾,我是认真的。老师您曾对我照顾有加,如今对您说出这些话,我也感到煎熬,但查明真相是我们的工作职责所在。"

"我当然理解你的工作。只要你觉得可疑,不管对象是好朋友还是家人,怀疑都是你的义务。但是说实话,我还是很震惊,同时也很困惑,毕竟这一切都来得太突然了。"

"我把许可带来了。"

"搜查证吗?肯定是的吧。但在你出示之前,可以解释一下原因吗?我是说……"

"为什么会怀疑到老师您的头上,对吧?"

"算是吧。除非你们的工作作风是不给任何解释,就麻利地把别人家翻个底朝天。"

"也有那种时候。不过,"他垂下眼,伸手拿起先前没有碰的茶碗,呷了一口,然后再次看向我,"我想先跟您谈谈。"

"你能这样做我很感激,但我不确定听完你说的话后,我会不会认同。"

加贺没有应答,而是从上衣口袋里取出记事本。"最重要的一点,"他说,"在于日高先生的推定死亡时间。虽说大体上是在五点到七点之间,但是据负责解剖的医生说,六点以后的可能性很低。根据胃内容物的消化情况推断死亡时间的方法很可靠,像这样的案子,并不需要把范围扩大到两个小时。但是,却有人证明日高先生在六点以后还活着。"

"那个人就是我。就算你那样说,但事实就是如此,我也没办法。虽然可能性很低,但那毕竟是生理现象,出现二三十分钟误差也不是那么惊人吧?"

"自然如此。但我们在意的是,支撑您说法的是一通电话。因为究竟是不是本人打的,这一点并不明朗。"

"那个声音是日高的,绝对没错。"

"但这是无法证明的,毕竟当时只有您一个人接了。"

"电话本来就是这种东西啊,你们也只能相信我了。"

"我是想相信您,但只怕法官不认吧?"

"确实只有我自己接了电话,但你们别忘了,当时我的身边还有别人。你们问过童子社的大岛吗?"

"问过了。大岛先生证明您确实在那个时间接到了一通电话。"

"他没有听到我们当时的对话吗?"

"不,他听到了。他说野野口老师好像跟人约好了见面,后来才知道对方就是日高先生。"

"我明白了,仅凭这一点无法证明我的清白吧。你是想这么说,打来电话的是别的人,我却假装那是日高,对吧?"

加贺随即皱了皱眉,轻咬嘴唇:"我排除不了这种可能性。"

"请你排除这种可能性——但好像我也不能提这种要求。"我装傻充愣,"但我还是不明白。不错,这跟从解剖结果推算出的死亡时间多少有些出入，但也称不上天差地远吧。你们却似乎从一开始就认为我在撒谎，莫非有别的什么原因吗？"

加贺盯着我的眼睛："嗯，有。"

"愿闻其详。"

"是烟。"

"烟？"

"老师您也说过，日高先生的烟瘾很大，他工作时房间里就像在进行除虫似的。"

"嗯，我确实说过……那又怎么样？"与此同时，不祥的预感像黑烟一样在我的心头蔓延开来。

"但是烟灰缸里只有一个烟头。"

"嗯？"

"只有一个。日高先生工作间的烟灰缸里，只有一个被捻灭的烟头。藤尾美弥子是在五点多离开的，如果日高先生在那之后确实在工作，自然会留下更多烟头。此外，那仅有的一个烟头还不是在工作中，而是在和老师您聊天时留下的，这是我从您的手记中得知的。"

我不知道该回答什么，只能沉默。我回想起加贺曾聊起日高抽了几根烟的事，难道他那个时候就已经开始怀疑我了吗？

"那么，"他继续道，"日高先生从开始独处到被害的这段时间内，一根烟也没有抽。关于这一点，我们询问过理惠夫人，她说日高先生就算只工作三十分钟，都要至少抽两三根烟。而且，他有种倾向，在工作的起步阶段抽的还会更多。但实际情况是，他一根也没有抽。这一点该怎么理解呢？"

我开始在心中痛骂自己。就算我自己不吸烟，也万万不该忽略这一点。"难道不是因为抽完了吗？"我姑且搪塞道，"或者是他发现烟已所剩无几，于是在省着抽。"

加贺当然不会放过这种细节。

"日高先生白天买了四盒烟。桌子上有一盒，里边剩了十四根，抽屉里还有三盒没拆封的。"

他的语气十分平静，但是他说的每句话、每个字都向我步步紧逼，令我无所遁形。我突然想起来他是剑道高手。瞬间，一股寒意侵入背脊。

"哦，这样啊。这么说来，只有一个烟头确实有些不自然，不过个中缘由也只能去问日高本人了。或许是他刚好喉咙疼了呢？"我还在尝试奋力抵抗。

"如果真的是那样，他就不会在老师您面前抽了。我们恐怕还是会选择最合理的那一种推理。"

"说来说去，你就是想说他被杀的时间应该更早吧？"

"相当早。恐怕就在理惠夫人刚出家门后。"

"你好像很肯定？"

"说回烟的问题。藤尾美弥子在场时，日高先生应该一根也没有抽。理由我们已经知道了，据理惠夫人说，以前藤尾美弥子看见香烟的烟雾时曾面露不悦。日高先生自己就此曾表示过，为了顺畅沟通，以后还是不要在她面前抽烟了。"

"哦……"这倒很像是日高这样思虑周到的人会有的想法。

"对日高先生来说，和藤尾美弥子的交谈无疑充满了压力。因此在藤尾美弥子离开后，他就应该像从饥饿中解放出来一样，会马上伸手拿烟。但是，却没留下一个烟头。他是没抽呢，还是抽不成？我个人以为是后者。"

"你想说，是因为他被杀了。"

"没错。"他扬扬下巴。

"但是我在那之前很久就离开日高家了。"

"嗯，我知道。您是离开玄关了，但您也可能是之后就绕过庭院，去了日高先生的工作间。"

"说得好像你亲眼看到了似的。"

"同样的推理老师您自己也给出过。当时您假定凶手是藤尾美弥子，说她可能是先假装离开日高家，然后绕回工作间。其实，您描述的是自己的行为吧？"

我缓缓地摇了摇头："真是服了，我做梦也没想到你是这样理解的。我可只是想帮助你而已。"

随后加贺将目光移到记事本上，说道："关于离开日高家时的情况，老师您在手记中写道，'她和我道别后，目送我到下一个街角'。这里的'她',是指理惠夫人。"

"有什么问题吗?"

"从字面上看,理惠夫人是在院门口目送您的。就这一点我们和夫人确认过,她说只是在玄关门口目送您的。这里的矛盾,您怎么解释呢?"

"也谈不上矛盾那么严重吧?无非是她或我记错了呗。"

"是吗?但我个人不这样认为。我觉得您是故意写下了和事实不符的内容。也就是说,您是为了掩盖自己并没有离开日高家的大门,而是折回了庭院的事实。"

我故意笑出声来:"太荒谬了,简直是牵强附会。你已经认定了我是凶手,然后才会这样解读。"

"我个人,"他说,"只是想做出客观判断。"

一瞬间,我被他的目光所震慑,大脑中却盘桓着完全不相干的事情:这个男人在日常谈话中也会用"我个人"来指称他自己吗?

"算了,我知道了。就这样吧,怎么推理是你的自由,不过你不妨跟我讲讲接下来的情节。躲在窗户下面的我后来做了什么?从窗户潜入,直接打晕了日高?"

"是这样吗?"加贺直视着我的眼睛。

"提问题的人可是我。"

他轻叹一口气,微微摇了摇头。"作案细节只能由当事人自己说。"

"你是在让我坦白吗？如果我是凶手，现在就会坦白一切。但我不是凶手，或许让你失望了。不过还是回到电话的话题上吧，就是日高打给我的那通电话。如果不是日高打的，又是谁呢？媒体已经大肆报道过我的说法了，如果在那天的那个时间给我打电话的另有其人，那个人应该早就已经联系警方了吧？"接着，我像是刚想到什么似的竖起食指，"这样啊，你在想我一定有同伙，是他给我打了电话。"

但是他什么也没说，只是环视屋内。看到餐桌上的无绳电话后，便将其取来，重新坐了下来："不需要有什么同伙，只要让这部电话响起来就可以了。"

"这倒是，但如果没有人打来，电话是不会响的吧？"说完后我两手一拍，"原来如此，我知道了。你是想说，当时我身上藏了一部手机，趁大岛不注意，拨通了自己家的电话，对吧？"

"那种做法倒是可以让电话响起来。"他说。

"但那是不可能的。我没有手机，也找不到人借。而且……对了，就算我真的使用了这个诡计，你们一查便知，电信公司应该留有记录吧。"

"调查电话是从哪里打来的其实非常困难。"

"哦，是吗？这就是所谓的电话追踪吗？"

"不过，"他接着说，"调查打到了哪里却很容易。这样说来，调查一下当天日高先生都给谁打了电话就行。"

"那你们查了吗？"

"查了。"加贺点点头。

"哦，结果呢？"

"记录显示，当天的六点十三分朝这里拨出了电话。"

"嗯……本该如此，毕竟他确实打来了嘛。"我嘴上这样说，但心中的恐惧在不停滋长。既然加贺看了通话记录都没有打消疑虑，那他一定是发现其中的机关了。

加贺起身，将无绳电话放回原位，但这次没有再坐回沙发。"日高先生那天写完稿子后，应该马上就会用传真发出去，而工作间里却没有传真机。至于原因，老师您是知道的吧？"

我本想回答"不知道"，但没有作声。

加贺说："因为他可以直接用电脑发送。这您很清楚吧？"

"是听说过。"我回答得很简短。

"还真方便啊，手头连一张纸都没有必要留下。日高先生似乎本就打算去了加拿大后就使用电子邮件，所以还让编辑部做好相应准备。这样一来，连电话费都省了呢。"

"我不懂那种复杂的东西，我不怎么用电脑。连稿子不用打印就可以直接传过去这种事，我也是听日高说的。"

"电脑一点儿也不复杂，人人都能学会。而且它还有很多方便的功能，可以同时给很多人发送文件，也可以把收件人的地址存起来。另外，"他顿了顿，俯视着我，继续说道，"一旦提前设置好，时间一到就可以自动发送。"

我将目光从他脸上移开，低着头说道："你是说我使用了这个功能？"

他没有回答我的问题，大概是觉得没有这个必要了。

"我很在意之前的灯光问题。"他说，"老师您说到达日高家时，里面一片漆黑。我以前也说过，如果凶手想让人误以为家里没人，又为什么唯独让电脑开着呢？这一点实在是匪夷所思。我后来终于知道答案了。电脑是使诡计成立的重要道具，所以必须保持开着的状态。您在杀了日高先生后，便迅速开始制造不在场证明。具体来说就是启动电脑，调出合适的文件，设置为在下午六点十三分以传真的形式发送到您家。接着，您关掉了日高家所有的灯。这一步对您接下来的行动至关重要，因为只有这样做，您才能在晚上八点再次来到日高家时，声称家里一片漆黑，以担心日高先生不在家为由，给日高太太所在的酒店打电话。如果房间亮着灯，那么在给酒店去电话前，一般都会先从窗外往里看看。而您早就打算好了，要和理惠夫人两人一起发现尸体。"

一口气说完后，加贺停顿了一下，大概是觉得我会反驳或辩解。但我什么也没有说。

"老师您应该也考虑到了电脑屏幕的问题。"他又继续说道，"之前我也说过，那个显示器发出的光格外亮，而主机又必须处于开启状态，如此一来就只能关掉显示器。但是实际上如果真的这样做反而危险，因为发现尸体时理惠夫人也在场，如果她注意到主机开着而显示器却不亮，那么警方可能会就此识破诡计。"

我想咽一口唾沫，无奈口干舌燥，竟无法办到。加贺的慧眼让我生畏，他精准地看穿了我当时的内心，堪称完美。

"我想，老师您应该是在下午五点半左右离开日高家的。您急匆匆地往自己家走，路上给童子社的大岛先生打电话，请他马上过来取稿。大岛先生说那天本来打算用传真接收，被您突然这么一叫，还有些措手不及，不过好在从童子社坐电车不用换乘，三十分钟左右就可以到您家。"接着，加贺补充道，"您的手记中可没有这些，您的行文让人以为您和大岛先生早就约好了会面。"

我当然是故意没这么写。我长出一口气，权当回应他。

"不用说，特意把大岛先生叫来，是为了让自己的不在场证明成立。六点十三分，如你设置好的那样，日高先生的电脑给这里拨出了一通电话。你的传真机没有开，以便你直接用无绳电话接。当时听筒里只有传真信号音，你却开始了高超的表演。听着机械的信号音，你假装另一端是个活生生的人，开始了对话。一旁的大岛先生彻底被骗了，由此也可以想象这番演技是多么出神入化。你成功表演完独角戏后，挂断了电话，日高先生的电脑也因为连接错误而终止了任务。进展到这一步，接下来的工作就显得轻而易举了。你只需要按计划和理惠夫人一起发现日高先生的尸体,然后在警察抵达前,趁她不注意删除电脑的通信记录即可。"

不知道从什么时候起,加贺对我的称呼不再是"老师您",而变成了"你"。也对,这样才与眼下的场合相符。

"真是精妙的诡计,不是短时间内就能想出来的。不过,其中有个漏洞。"

漏洞?出在哪里?

他说:"出在日高家的电话。如果日高先生真的给这里打过电话,那么按下重拨键,应该就会再次打过来。"

啊!我在心中惊呼。

"但电话并没有接到这里,而是打到了加拿大的温哥华。据理惠夫人说,案发当天早上六点,日高先生打过电话,重拨出去连上的号码应该就是当时留下的。当然,这也是可以反驳的。或许日高先生给你打完后,又想和加拿大那边通话,便按下了数字键,却在接通前挂断了。但是在我们看来,一个考虑到时差而特意早起打电话的人,不可能又忘了当时加拿大正值深夜而再次去电。"

随后,加贺以一句"我说完了"结束了发言。

接下来的时间在沉默中流逝。加贺或许是在等待我的反应,可我脑海里一片空白,不知道该说些什么。

"不反驳吗?"他有些吃惊地问道。

直到这时我才抬起头,和加贺四目相对。他的眼神犀利却不阴险,并不像面对犯罪嫌疑人的警察,这让我松了口气。

"你没有提到原稿,"我说,"我指的是日高电脑里《冰之扉》的连载。如果你刚才的推理无误,那他是什么时候写的稿呢?"

加贺听到我的提问,抿着双唇,望向天花板。看起来,他并非理屈词穷,而是在考虑如何组织语言。

终于,他开口了:"我能想到两种可能,一种是日高先生早就写好了,知道此事的你意识到可以用它制造不在场证明。"

"另一种呢?"

"另一种是,"他说着,视线落回我的脸上,"那部分原稿是你写的。当天你带着存有原稿的软盘,匆忙地将原稿导入日高先生的电脑,以制造不在场证明。"

"真是大胆的推理呢。"我想笑,但脸颊已然僵硬。

"我请出版方——聪明社的山边先生看过那部分内容了。他认为那明显是别人写的,和日高先生的文风有细微的差别,在换行方式等形式上也有很多出入。"

"所以,你想说……"我嗓音沙哑,咳了一声,"我一开始就打算杀掉他,所以准备好了那些稿子?"

"不,我不这样认为。如果你有预谋,那文风和形式会模仿得更像些,毕竟那似乎也并不太难。再者,考虑到凶器是镇纸,又在最后关头把大岛先生叫来完善不在场证明,这应该是临时起意的犯罪。"

"所以,你是想知道我为什么会准备那些稿子。"

"问题就在这里:为什么你会有《冰之扉》的原稿呢?不对,在此之前,应该问为什么你写了那些稿子呢?我个人对这一点非常感兴趣,而且我认为你杀害日高先生的动机就藏在其中。"

我闭上眼睛,以防自己恐慌症发作:"全都是你的想象吧?无凭无据。"

"正是如此,所以才打算进行住宅搜查。说了这么多,你也该知道我们想搜出什么东西了吧?"见我不语,他继续说道,"是软盘,存有原稿的那张。没准,那份原稿也还留在你文字处理机的硬盘里。不对,恐怕就在里边吧。如果你是为了有预谋的犯罪准备的,那用完后就会立即处理掉。但我不这么看。那份原稿,你一定还留在某个地方。"

我睁开眼,加贺看着我,双眸澄澈。不知为何,我竟然可以平和地接受他的目光。仅仅一瞬间的冥想,让我平静了下来:"要是你们找到了想找的东西,就该逮捕我了吧?"

"是这样的,很遗憾。"

"在那之前,"我问,"我还能自首吗?"

加贺睁大眼睛,接着摇了一下头:"很遗憾,现阶段已经不能看作自首了。不过,蹩脚的抵抗同样不是上策。"

"这样啊。"我双肩一沉。绝望的同时,我也有了一种踏实的感觉——终于不用再演戏了。"你是什么时候开始怀疑我的?"我问加贺。

"第一天晚上。"他回答。

"第一天晚上？我当时也有漏洞吗？"

"嗯。"他点点头，"你问了推定的死亡时间。"

"那有什么问题吗？"

"有问题。老师你六点多和日高先生通过话，八点案件就已经发生了，那你自然应该知道，死亡时间只可能在六点到八点之间，你却特意向警方询问。"

"啊……"

"而且第二天老师你又问了一遍同样的问题，就是我们在那家家庭餐厅吃饭的时候。那时我就确信了，老师你想知道的并不是命案的发生时间，而是警方推断的死亡时间。"

"是这样啊……"

确实如他所说，当时我一心只想着自己的计谋是否成功了。

"太厉害了。"我面朝加贺说道，"我觉得，你是个厉害的警察。"

"谢谢。"他略一低头，继续说道，"那么，我们可以准备出门了吗？不过非常抱歉，我得在这里看着你，因为有过不少留嫌疑人独处而造成不可挽回的后果的先例。"

我知道他想说什么。

"我可不会自杀的。"我笑着说道。不可思议的是，那竟是相当自然的笑。

"嗯，那就拜托了。"加贺也露出自然的笑容。

求索之章

加贺恭一郎的独白

距离逮捕野野口修已经过去了整整四天。

他承认了所有犯罪事实，却唯独对一点绝口不谈——

犯罪动机。

为什么无论如何都要杀掉从小就认识、在工作上还对他多有照顾的好朋友日高邦彦？他对此守口如瓶。

"人是我杀的，动机无关紧要，就当我是一时冲动好了。"对审讯的警官，他也是同样的说辞。

但我也并非毫无头绪。线索是《冰之扉》的原稿。

对了，我们找到了原稿，和预想中的一样，留在了野野口修文字处理机的硬盘里。被认为是野野口修在作案当天带到日高家的软盘也在桌子抽屉里找到了，和日高的电脑是兼容的。

我认为这不是一次有预谋的犯罪，整个搜查本部①也持这样

---

① 在日本，发生重大案件时，由警视厅或道、府、县警察本部与案发地辖区警察局临时组成的侦查组织。

的观点。但如此一来，有一点便成了问题：为什么当天野野口修刚好随身携带着存有《冰之扉》下回连载的软盘？不，在此之前，为什么野野口修写了本该由日高来完成的《冰之扉》的原稿？

针对这一问题，我在逮捕野野口修之前做了一种假设。我确信，沿着这一假设探究，就能发现犯罪动机。

接下来只需要让野野口修亲口证实这种假设即可。可是他什么都不肯说。对于手握存有《冰之扉》原稿的软盘一事，他做了以下供述：

"我只是写着玩的。为了让日高大吃一惊，我才带在了身上。我和他说，如果他不能如期交稿，用我写的也无妨。当然啦，他没有当真。"

不用说，这段供述毫无说服力，但他一副"爱信不信"的样子。于是我们再次搜查了野野口修的住宅。上次只看了文字处理机和桌子抽屉，称不上真正的搜查。结果，扣押了十八件可以支撑我的假设的重要证据，其中有八本很厚的横线本、八张 2HD 规格的软盘和两册装订好的稿纸。

经过搜查本部的调查，这里面都是小说，而横线本和稿纸上的笔迹也被证实是野野口修本人的无误。

问题在于小说的内容。

首先，我们在一张软盘里发现了不得了的东西。不，对我来说，应该是意料之中的。

那是《冰之扉》的原稿。只不过不是下一回的，而是已经在杂志上发表过的全部篇章。我请聪明社的编辑山边看了这份原稿，他的看法如下：

"毫无疑问，这是《冰之扉》至今为止连载的部分。虽说如此，尽管讲了同样的故事，却有一些我收到的稿件中没有的内容，反之也是如此。另外，两份稿件在措辞和文风上也有细微的差别。"

可见，野野口修此次用来制造不在场证明的稿件存在的倾向，在这里又一次出现了。

我们收集了日高邦彦的所有作品，分头读了起来。说句题外话，大多数侦查人员都苦笑着表示，很久都没有这么用功读书了。

经过努力，我们发现了令人震惊的事实。从野野口修的住所扣押的八本横线本里，写有五部长篇小说，内容与日高邦彦此前公开发表的作品几乎完全一致。虽说小说名和出场人物名有所不同，设定也有点不一样，但从故事走向上看，无疑是相同的作品。

另外，在其他软盘中还找到了三部长篇和二十部短篇，除了三部短篇外，其余的都和日高的作品一致。这三部短篇属于儿童文学，是以野野口修的名义发表的。

至于写在稿纸上的两部短篇，我们没在日高的作品中找到相似的。从稿纸的新旧程度判断，应该是很久以前写的，如果往前查一查，说不定能有些发现。

不管怎么说，在非作者的人的住所找到这么多作品原稿，实在是不合情理，而且内容和已发表的作品并非一模一样，有着少许出入，这也很让人费解。而横线本里的作品还有添补和修正的痕迹，可以看出曾经过反复推敲。

到这里，我可以断言我的假设无误：野野口修曾是日高邦彦的影子写手。或许，后来这层奇妙的关系被打破，遂酿成了一桩杀人案。

在审讯室里，我就此询问了野野口修，但他面不改色地否认了。

"不是这样。"

那横线本和软盘里的小说又是怎么回事？对此，他闭上眼睛，不再说话。在场负责审讯的前辈对他进行了强硬的诘问，他却仍旧一语不发。

今天做笔录时，则发生了一件意料之外的事。

野野口修突然按着腹部，似乎很痛苦。见他这副模样，我还以为他服下了偷带进来的毒药。他马上被送往警察医院，现在正在病床上休息。

接着，我被上司叫过去，得知了一个惊人的消息——野野口修得了癌症。

野野口修倒下的第二天，我去了他所在的医院。在见他之前，我先见了一下他的主治医生。据医生说，癌细胞已经转移到了包裹内脏的腹膜了，情况十分危急，需要尽快动手术。

我问医生这是否是复发。"算是这么回事吧。"医生答道。

我这样问是有原因的。调查发现，两年前野野口修就曾因为同样的病接受过胃部分切除术，还休了几个月的假。只不过他的同事中似乎没有人知道究竟是什么病，只有校长清楚。

奇怪的是，直到被逮捕之前，野野口修都没有再去过医院。医生认为，他应该有过自觉症状。

我又问接受手术是否会有帮助。一脸理智的医生微微歪头说："一半一半吧。"

在我听来，这并不是一个理想的答案。

在那之后，我去了野野口修的病房，他住的是单人间。

"身为一个被逮捕的人，没锒铛入狱，反而在这里逍遥自在，真让我有些过意不去啊。"野野口修招呼着我，瘦削的面颊浮现出虚弱的微笑。他的容貌和我记忆中相比，显得老了不少。我再次意识到，这并不仅仅是因为年龄的增长。

"感觉如何？"

"嗯，谈不上多好，但考虑到我的病，能有现在的状态已经算相当不错了。"

野野口修在暗示自己患有癌症。毕竟是复发，他本人当然有所察觉。

看我沉默不语，他便发问了："然后呢，什么时候对我提起诉讼？如果磨磨蹭蹭的话，我搞不好活不到审判的那天呢。"

他是在开玩笑呢，还是认真的，我无法判断。但可以肯定的是，能说出这种话，说明他在一定程度上已经做好了赴死的心理准备。

"目前还不能起诉，材料还没有收集完。"

"为什么啊？我都坦白了，也有证据，只要起诉，肯定会判我有罪，这不就好了吗？我绝对不会因为要上法庭了而翻供的，放心吧。"

"话不能这么说，动机还没有弄明白。"

"又来了。"

"只要老师不说，我就会一直问。"

"没什么特别的动机啊。你不是也说了嘛，这是一时冲动的犯罪。就是这样，我一时冲动杀了人。事情就这么简单，没有什么道理可言。"

"所以我才问为什么你会'一时冲动'，没有人会无缘无故发怒的。"

"这不重要。或者说，应该是不重要的。说实话，我自己也不记得当时为什么会头脑发热，可能那就是所谓的'狂乱'吧。所以就算我想解释，我也是真的不知道该怎么解释。"

"你觉得我会认同你的说法吗？"

"你不也只能认同吗？"

我闭上嘴，盯着他的眼睛，他也迎着我的目光直视过来，眼中洋溢着自信。

"老师，围绕着从你家找到的本子和软盘，我想再问一些问题。"

见我换了一个话题，野野口修顿时显得很不耐烦："那些东西和案件没有一点儿关系，不要牵强附会。"

"既然如此，那请你好好解释一下吧，那些东西是什么？"

"什么也不是，普通的本子和普通的软盘而已。"

"但是里面却是日高邦彦先生的小说。不对，准确来讲，是酷似日高邦彦先生小说的作品。就像草稿一样，对吧。"

听到我的话，他笑出声来："所以你想说我是他的影子写手？真是愚不可及，你想多了。"

"但是这样一想，一切就说得通了。"

"我告诉你一个更能说得通的答案吧：那是一种修行。每个立志成为作家的人都有自己的修行方式。对我来说呢，那便是仿写日高的作品，学习他的叙事节奏和表现手法。这根本没什么特别的，许多想成为作家的人都是这样做的。"

对于他的解释，我并没有感到意外，因为日高邦彦的责任编辑已经做过同样的推理了。即便如此，那位编辑仍说有三个疑点：其一，这些稿子和日高邦彦的作品并不完全一致，有些地方有细微的差别；其二，就算是修行，如此大量地仿写还是很不正常；其三，日高邦彦虽然是畅销作家，但文笔也不至于出色到可以被当成范本。

我向野野口修提出了这三个疑点，结果他眼睛也不眨，说出了下面的话：

"关于这些，我全都可以逻辑分明地回答。其实最开始我只是单纯地在仿写，但渐渐地我开始感到厌倦。每每想到如果是我，会怎么写、怎么表达时，我就会写出自己的东西。你懂吗？这番修行的目的就在于，以日高的文章为范本，在此基础上写出更好的东西。至于我为什么仿写了那么多，我只能说这是一项长期修行吧。我是单身汉，回了家也没什么事可做，便日日夜夜进行成为作家的修行。最后，你说日高的作品不够出色，我想说看法因人而异。对于他的文字，我就很认可。虽然可能没什么技巧性，但胜在简洁易懂，实在是非常好的文字。俘获了那么多读者，我想便是明证。"

野野口修的话并非没有道理，但另一个疑问随之而生：如果这些都是事实，那他为什么不早说呢？在病倒之前，他对这些一直闭口不提。我推想，或许他是因为刚好入院而不必接受审讯，才有了时间推敲说辞。不过，现阶段也很难证明这一推理了。

我准备提出新发现的证据，即从野野口修桌子抽屉里找到的几张笔记。笔记上应该是某个故事的大纲，但字迹潦草。由出场人物名可以看出，是日高邦彦连载中的《冰之扉》的大纲，但写的不是已发表的内容，而是接下来的情节。

"你为什么要写《冰之扉》的后续？能请你做个解释吗？"我问野野口修。

他答道："那也是我的修行啊。设想接下来的情节，任何一个读者都会不经意地这么做吧？我只是稍稍积极一点，让它成形了而已，不必把这件事想得有多特别。"

"你不是已经辞去教师的工作，走上职业作家之路了吗？既然如此，还有必要牺牲自己的创作时间，进行这样的修行吗？"

"快别取笑我了，我还称不上职业作家呢。技巧还有待提高，时间也有大把，毕竟一直没有工作找上门来。"

野野口修的话还是不能让我信服。我的怀疑大概写在了脸上，只听他接着说：

"你似乎非要认定我是日高的影子写手，其实你是高看我了，我才没有那种天赋呢。听了你的一番话，我反倒还盼望这是真的呢。要是真像你推理的那样，我一定会大声地喊出来：'那些作品都是我写的，真正的作者是野野口修！'但是很遗憾，作者并不是我。如果真的是我写的，我会以自己的名义发表，根本没有必要用日高的名字啊，你不这样认为吗？"

"我是这样认为的。正因如此才不可思议。"

"没什么不可思议的。你是推理错了，才得出了奇怪的结论。

你把事情想得太复杂了。"

"我不这样认为。"

"我拜托你了，就这样认为吧！好啦，这个话题到此为止，赶紧着手起诉我吧。动机什么的无所谓，照你喜欢的写进报告就好。"野野口修一副自暴自弃的口吻。

离开病房，我回味着和他的对话。不管怎样想，他的供述都有诸多地方让我无法认同。不过像他说的那样，我的推理也确实有缺陷。

如果他真的是日高邦彦的影子写手，有什么原因让他必须这样做呢？

他是觉得比起新人的身份，以日高邦彦这个畅销作家的名义出版，书能卖出更多吗？可是让日高成为畅销作家的作品本身，正是野野口修写的啊。这样说来，他直接靠这部作品出道不是更好吗？

或者，他当时还是一名教师，所以不想用自己的真名发表作品？不，也说不通。据我所知，没有老师会因为兼职写作而在学校混不下去。况且，要是真逼野野口修选择，他肯定会毫不犹豫地扔掉教鞭。

另外，就像他说的那样，如果他真的是影子写手，没理由到了现在还不承认。对他而言，"日高邦彦大量著作的真正作者"这一头衔无疑是光荣的。

难道，野野口修真的不是影子写手？那些在他家找到的本子和软盘真如他供述的那样，没任何特别之处？

这不可能，我敢断定。

对野野口修这个人，我多少还是有所了解的。他有着极强的自尊心，也很自信，就算是想成为作家，也断不可能模仿别人的作品。

回到搜查本部，我向上司汇报了刚才的情况。在听取汇报的整个过程中，迫田警部的表情都很严肃。

"为什么野野口修要隐瞒犯罪动机？"听罢，他提问。

"不知道。连犯罪事实都承认了，却不肯透露动机，只怕背后有天大的秘密吧。"

"果然和日高的小说脱不了干系吧？"

"我个人是这样认为的。"

"所以野野口修是真的作者吗？但他自己否认了啊。"

很明显，警部对这件案子的棘手之处有些不耐烦了。事实上，有几家媒体不知道从哪儿得到了消息，前来询问搜查本部野野口修替日高邦彦捉刀的可能性。当然，警方会避免给出明确的回应。只不过，最快明天的早报可能就会刊登相关信息了。这样一来，打来搜查本部的问询电话只会有增无减吧。

"他说是两个人发生争吵，自己一时失去理智就把对方杀了，但是不知道争吵的内容也没用。我甚至觉得，他完全可以不提真实动机，发挥作家的本领，编个合适的故事嘛，但如果在法庭上自相矛盾，也很麻烦啊。"

"我并不认为是争吵后他一时冲动杀了人。野野口修离开日高邦彦家以后，通过庭院，然后从工作间的窗户侵入，他那时已经起了杀心。恐怕就是在此前与日高的交流中，他萌生了某种具体的动机。"

"那么，问题就在于两个人究竟说了些什么。"

"野野口修的手记中只描述了一些无关痛痒的对话，但我个人认为，当时他们聊的是和今后的创作有关的话题。"

日高邦彦要去加拿大居住了，如果野野口修真的是影子写手，那么接下来的工作无疑会遇到各种各样的问题。会不会是两个人在围绕这一话题沟通的过程中，野野口修心生不满了呢？

"也就是说，两人聊到了继续捉刀的条件。"

"没准正是如此。"

我们已经调查过野野口修的银行账户，没有日高邦彦定期给他汇款的痕迹，但如果两人是用现金交易的也说得通。

"看来需要再查一查日高和野野口的过往经历。"警部得出结论。

我也有同感。

同一天，我和另一位负责刑侦的同事去见了日高理惠。她在丈夫被杀后就回到了位于三鹰的娘家，而我们自从逮捕野野口修以后，还没有和她见过面。上司在电话里对她说过野野口修被捕的经过，但没有提到捉刀一事。恐怕，她已经被媒体的问询电话扰得不胜其烦。我想，她或许也有一大堆问题想问我们。

重新简要介绍了一下此前的情况后，我提起了在野野口修家找到的原稿。日高理惠显然很震惊。

对于野野口修手握和日高邦彦的小说内容酷似的稿件一事，我问她是否有什么头绪。

她表示完全不能理解："我先生是不可能窃取别人的想法的，也绝对不会抄袭谁的作品。为了构思小说，他可下足了苦功。找人代笔什么的……实在让人难以置信。"她的语气平稳，眼神中却流露出愤怒。

但我无法接受她的说法。她和日高邦彦结婚才短短一个月，很难说已经彻底了解了丈夫。

日高理惠察觉了我的心思，继续说道："如果您觉得我们仅仅是刚结婚不久的夫妻，那您就错了。我也曾是我先生的责任编辑。"

这一点我们已经事先确认过了。她以前在某出版社上班，看来就是因为工作关系结识了日高邦彦。

"那时，我们两个人围绕今后的创作进行过大量讨论。就算我只担任过他一部长篇小说的责任编辑，但是这部作品没有双方的沟通就不会诞生。我看不出其中怎么能有野野口先生插手的空间。"

"您指的是哪部作品呢？"

"《夜光藻》，去年出版的。"

我没有读过这本书，于是询问同行的警官是否有印象。在此次侦查中，许多警官都或多或少接触过日高邦彦的小说。

他的回答很明确，也很耐人寻味："《夜光藻》属于在野野口修的横线本和软盘里找不到对应原稿的作品之一。"

这种作品其实还有不少，特征之一在于，它们都是日高邦彦出道头三年左右的作品。后来的作品中，有将近一半没有在野野口修家找到对应的原稿。基于这一点，我推测日高邦彦一方面仍在让野野口修代笔，另一方面也在自己创作。所以即使像日高理惠说的那样，存在"没有双方的沟通就不会诞生"的小说，也丝毫不奇怪。

我换了一个方向，问她关于野野口修杀害日高邦彦的动机有没有头绪。

"我一直在想这件事，但是真的完全没有头绪。为什么野野口先生对我先生……说实话，我到现在都不肯相信他是凶手，毕竟他们走得那么近。我从来也没有见过他们有过任何争执或口头冲突。我现在都还觉得，会不会是哪里弄错了呢？"

她的表情看上去不像在演戏。

临走的时候，日高理惠送给我一本书。灰底的封面上点缀着金粉，是《夜光藻》的单行本。她送这本书给我，大概还有这么一层意思：请好好读一下，以后不要再怀疑我先生的实力了。

当晚，我读起了这本书。说起来，我问野野口修日高邦彦的作品中有没有推理小说时，他推荐的就是这一本。我不知道他是不是有意为之。不过深入考虑，也可以认为他是故意推荐了一本和自己无关的书。

《夜光藻》讲的是一个年老的男人和他的年轻妻子的故事。男人是画家，妻子是他的模特，他疑心妻子对自己不忠。到这里看上去就是随处可见的通俗小说。然而，妻子其实有着双重人格，画家发现这一点后，故事便迅速铺展开来。妻子的一个人格有个年轻的恋人，两人正图谋杀掉画家；另一个人格却对画家格外忠诚，从心底爱着他。正当画家考虑是否要把妻子送到医院的时候，他在桌子上看到一张便条：

"被精神科医生杀掉的人会是'她'还是'我'？"

也就是说，即使治愈，也不能保证留下的是爱着他的那个人格。而写下这张便条的，无疑是那个"恶魔妻子"。

苦闷的画家每晚都会做自己被杀的梦：天使容颜的妻子对他微笑后，打开了卧室的窗户。一个男人进来，拿刀刺向他，然后立即变成了妻子的模样。

故事最后，画家的生命真的受到威胁时，他以正当防卫的形式刺死了妻子。但是新的烦恼随之而至。因为他觉得在杀死妻子的前一刻,她的人格似乎发生了变化。自己杀的究竟是天使还是恶魔,答案成了永远的谜。

故事梗概就是这样。不过,阅读理解能力强的人大概能给出更深刻的解读。人老以后的性欲,艺术家心底的丑恶等等,或许有必要挖掘一番。但是不擅长语文的我既读不出字里行间的深意,也无法判断表现力的强弱。

虽然对不起日高理惠,但我的真实看法是,这部作品乏善可陈。

我比较了一下两个人的简历。

日高邦彦读的是某私立大学的附属高中,所以直接升入了该大学文学部的哲学科。毕业后,他先后在广告公司和出版社工作。其间,他投稿的短篇小说获了新人奖,以此为契机,他开始了创作生涯。这是大约十年前的事。之后的三年多时间里,他的书卖得不怎么好,但在出道的第四年,他凭《不燃之焰》获了文学奖,由此走上了人气作家之路。

再看野野口修。他和日高读的不是同一所私立高中,复读了一年才考上国立大学,进了文学部,攻读日本语言文学。他修完规定的教师课程,毕业后去了一所公立中学,曾先后在三所学校任教,一直到今年辞职。我们曾共事的地方是他待过的第二所学校。

野野口修作为作家出道是在三年前,工作是每次为一份半年刊的儿童小说杂志写三十页稿子。不过,他还没有以自己的名义出版过书。

据野野口修说,本已走上不同人生道路的两人是在大约七年前重逢的。当时他似乎是在小说杂志上看到了日高的名字,心生怀念之情,就去拜访了日高。

这是不是真的呢?如前面所说,重逢大约一年后,日高摘得文学奖,而获奖作品《不燃之焰》正是最早一本和野野口修手中稿件相一致的书。和野野口修的再会是幸运之神对日高的眷顾,这并非天方夜谭。

我去了出版《不燃之焰》的公司,询问了当时的责任编辑。此人姓三村,是个谦逊的中年人,已升为小说杂志的总编辑。

我提问的重点只有一个:在责任编辑看来,考虑到日高邦彦此前的水平,这本书是在意料之中,还是他突然之间超常发挥了?

在回答之前,三村先反问了我一个问题:"您是在针对最近流传的捉刀的说法进行调查吗?"

我知道他们现在都有些敏感。虽然日高邦彦已经过世了,但也不能做有损他名誉的事。

"称不上'说法',目前还没有证据,只是想先确认一下而已。"

"证据都没有就敢提出这么唐突的问题,真是让人没想到啊。"

三村言语中带着讽刺，不过也回答了我的提问，"从结果上看，《不燃之焰》的确是日高先生的转折点，他靠这部作品完成了蜕变。"

"您是想说，和他之前的作品相比，水平高出了一大截？"

"算是吧，对我来说，倒也没有那么出乎意料。日高先生本来就是一位强大的作家，只是他的行文过于不羁，很多时候读者跟不上他的步伐，也可以说是感受不到他的用意吧。但《不燃之焰》完全没有这个问题。您读过了吗？"

"读了，故事很不错。"

"是吧？直到现在我都认为那是日高先生最好的作品。"

《不燃之焰》讲的是一个普通的上班族男子出差时为烟花的美丽折服，成为一名烟花师的故事，情节有趣，对烟花的描写也很精彩。

"那本书好像是一气呵成的，没有经历过连载。"

"对。"

"在日高先生动笔之前，你们有过沟通吗？"

"那当然是有的。不管什么时候，与哪个作家合作都是这样。"

"那时日高先生都和您聊了些什么？"

"首先是内容方面，比如说主题、情节，还有主人公的形象。"

"两个人一起构思吗？"

"不，基本上都是日高先生自己构思的。这是显而易见的吧？毕竟对方才是作家，我只是倾听，再提提想法而已。"

"比如，将主人公设定为烟花师，也是日高先生自己的主意吗？"

"当然了。"

"您听到后有什么感觉呢？"

"'什么感觉'是指……"

"有那种'果然是日高先生才能想到的主意'的感觉吗？"

"倒也没这样想，但也不意外，毕竟描写烟花师的作家也不在少数。"

"有没有哪些部分是听了三村先生您的建议后改的呢？"

"大段的倒没有。我看了写完的原稿后如果有疑问会提出来，至于怎么改，那都是作家的工作。"

"最后再请教您一个问题。如果日高先生把别人的作品拿过来，用自己的措辞和表现手法改写了，您读后能分辨出来吗？"

三村稍做思考，回答道："说实话，我看不出来，因为下这种判断，依靠的就是作家的措辞和表现手法呢。"但是他也不忘继续补充："不过啊警官，《不燃之焰》绝对出自日高先生本人之手。写作过程中我们见过多次面，他经常在烦恼。即便到了后来，他好像也会感到受挫。如果他真的剽窃了别人的作品，就没有必要那么苦恼了吧。"

就这一点，我也不好再多说什么，和三村道过谢便离开了。不过，我的脑海中浮现出一个反证：

人在艰难困苦的时候不容易表现出开心的样子，反过来却没有那么难。

我没有动摇，仍旧坚持影子写手的说法。

常言道，犯罪总和女人脱不了干系。但是，我们没有对野野口修的异性关系进行深入调查。不知怎的，整个调查组都有一种共识，认为此案无关桃色。或许大家是受到了野野口修自身气质的影响，他虽然算不上丑，但是很难想象他身边有女人会是怎样一副模样。

不过我们判断失误了，似乎存在和他有特殊关系的女人。发现这一点的是对他家进行重新搜查的团队。

线索有三。第一是围裙：格纹样式，明显是女款，清洗熨烫过，放在野野口修的衣橱抽屉里，怀疑是偶尔过来的女子给他做家务时穿的。第二是金项链：还在盒子里，包得好好的，是世界知名珠宝品牌，看上去像是准备送给谁作为礼物。第三是旅行报名表：叠成小块，和包装好的项链一起放在一个小盒子里，是某旅行社的，从内容上看是野野口修去冲绳的报名申请，时间是七年前的五月十日，预计出发日期是七月三十日，估计是想利用暑假去旅行。

问题在于参加者的姓名——野野口修的名字旁写着"野野口初子"，年龄为二十九岁。对此我们已经展开了调查，发现叫这个名字的女子并不存在，准确地说，野野口修家中没有叫这个名字的人。所以，他应该是想带着某位女子假装成夫妻出行。

由以上三条线索可以推测，野野口修至少在七年前还有一个称得上是恋人的交往对象，二人现在关系怎样尚不清楚，但他对对方还念念不忘，不然他也不可能珍藏那些承载着两个人回忆的物件。

我向上司提出申请，想调查一下这名女子。虽然还不知道她和案件有没有关系，但是七年前正好是日高邦彦发表《不燃之焰》的前一年，如果能见到她，或许能了解一些野野口修当时的情况。

我先去找了野野口修本人。他支起上半身，倚靠在病床上。我告诉他我们发现了围裙、项链和旅行报名表。

"我想问问，那条围裙是谁的？项链你打算送给谁？本来准备和谁一起去冲绳？"

对于这个话题，野野口修不仅展现出了前所未有的抗拒，还明显十分狼狈。

"这些问题和案件有什么关系呢？的确，我是杀人凶手，应该为犯的罪付出相应的代价，但是和案件无关的个人隐私也得被公之于众吗？"

"并不是公之于众，只要告诉我一个人就可以。如果调查结果证明和案件无关，我不会再问你这样的问题，当然也不会通知媒体。另外，我保证不会给那位女士添麻烦。"

"和案子没有关系，我都这么说了，肯定没错。"

"既然没有关系，那还是最好讲清楚。如果老师你一直是这种态度，我们就不得不恶意揣测，而恶意揣测的结果只能是彻底调查。一旦我们彻底调查，情况就会大致明朗，而侦查人员一行动，就极有可能被媒体察觉到，这大概不是老师你所乐见的吧？"

但是野野口修没有透露那名女子的名字，反而抱怨起我们的搜查方式来："总之请别再弄乱我的房间了，里面还有别人寄存在我这里的很重要的书呢。"

医生限制了探望时间，我只能暂时先离开病房了。但收获是有的：我确信，查出这名神秘女子是谁，对探明案件真相意义重大。

那么，该怎么展开调查呢？我先从野野口修的邻居入手，询问他们是否见过女性出入他家、是否听到他家传出过女性的声音等等。不可思议的是，就算是对其他问题守口如瓶的人，一旦涉及男女关系，便都格外热心地来提供信息了。

只不过这番问询没有什么成果。住野野口修隔壁的女子是家庭主妇，大部分时间都在家，却也说没有见过女性来访。

"不是最近也没关系，多年前见过也算，请问您有印象吗？"得知这名女子是大约十年前住进这栋公寓后，我问道。野野口修也大约是在那段时间入住的，这位主妇应该有机会见过他的恋人。

"很久以前或许见到过，我记不太清楚了。"主妇这样说道。或许这才是合理的答案。

我重新梳理了一下野野口修的交际圈，也去了今年三月他辞职的中学。但是极少有人知道他私底下的情况，因为本来就没什么人和他关系要好，他身体变差以后，就更不和学校的人在校外来往了。

没办法，我只能前往野野口修以前工作过的中学。七年前他打算和恋人去旅游时，应该刚好就在那里任教。不过说实话，对于此行我没有什么兴致，毕竟那里也是我过去执教鞭的讲坛。

计算好放学的时间，我走向学校。记忆中有三栋古旧的校舍，其中两栋已经翻新了。要说变化，也就只有这些。操场上足球部正在练习，这一幕和十年前别无二致。

我没有勇气进去，只是站在门外望着那些放学的学生。就在这时，我在他们之中看到了一张熟悉的面孔，是一名姓刀根的女英语老师，比我早七八年入职。我追上前，叫住了她。她似乎还记得我，脸上同时流露出惊讶和笑意。

我跟她寒暄起来，泛泛地问了她的近况，然后就直接表示想了解一些野野口老师的情况。刀根老师似乎立即想到了最近闹得沸沸扬扬的人气作家被杀一案，一脸严肃地答应了我的请求。

我们进了附近的一家咖啡馆。当年还没有这家店。

"那个案子，我们大家也都很震惊，没想到那个野野口老师居然是杀人凶手。"接着她兴奋地补充道，"而且还是加贺老师你负责，真是天大的巧合啊。"

拜这个巧合所赐，我也是最辛苦的。听我这么说，她点了点头，一副"可不是嘛"的表情。

我迅速切入正题。第一个问题是，据她所知，野野口修是否有关系不一般的女性朋友。

"这个问题很难啊。"刀根老师开口便说，"不过以我作为女人的直觉来说，应该没有。"

"这样啊。"

"不过女人的直觉这种东西，猜中的时候大家都印象深刻，其实也有错得离谱的情况，所以还是拿客观信息说话比较好吧。野野口老师相过好几次亲，你知道吗？"

"不，我不知道。"

"相得可频繁了，当时的校长也给他介绍过呢。所以我觉得他没有女朋友。"

"那是多久前的事呢？"

"是野野口老师离开我们学校不久前的事，应该是五六年以前吧。"

"在那之前呢？也在频繁地相亲吗？"

"到底有没有呢……我记不太准确了，我问问其他老师吧，那时的老师现在大部分都还在。"

"拜托您了，真是太好了。"

刀根老师拿出电子记事本，在上边输入了一些笔记。

我转向第二个问题：对野野口修和日高邦彦之间的关系她有没有什么了解？

"哦对，那个时候你已经从学校辞职了。"

"'那个时候'指的是……"

"日高邦彦获了什么新人奖的时候啦。"

"那时候的情况是怎样的呢？毕竟我连重要的文学奖项也不怎么关心。"

"嗯，我也不知道有那种新人奖，但是那时不一样，野野口老师拿着一本登载着新人奖获奖情况的杂志来了学校，让大家都看了，还一个劲地对我们说'这是我的同学'呢。"

我的记忆中没有这一段，看来的确是我离职后发生的事。

"那时野野口老师和日高邦彦有过交流吗？"

"我记不太清了，不过那个时候可能还没有吧，因为好像是那之后过了些日子，他俩才重逢的。"

"'过了些日子'是指过了两三年吗？"

"嗯，算是吧。"

野野口修自己也说，是七年前拜访了日高邦彦后，两人才再次有了来往的，这一点对得上。

"野野口老师是怎么说日高邦彦的？"

"'怎么说'是指……"

"什么都行，关于他的人品或是作品。"

"我倒不记得关于人品是怎么说的了,只记得他很看不上日高邦彦的作品。"

"评价不高啊。具体来讲呢?"

"细节我忘记了,但是大体上说的都是同样的内容,什么'对文学有误解'啦,'不会刻画人物'啦,'俗不可耐'啦,等等。"

这和野野口修本人的说法大相径庭。他可是说会将这些作品作为范本去仿写。

"即便如此,他却仍会读日高邦彦的书,而且还去见他?"

"是啊,不过那也可能是心理扭曲的表现。"

"您的言下之意是……"

"野野口老师也想成为一名作家,或许是因为儿时的玩伴捷足先登了,所以有些着急。但他又无法无视对方,于是不自觉地读了起来,然后就愤愤不平,觉得这种东西有什么了不起的,明明自己写得更好……"

有几分道理。

"日高邦彦凭借《不燃之焰》获得文学奖时,野野口老师的反应如何呢?"

"我想说他嫉妒得发疯,但其实好像并没有,反而还跟人炫耀呢。"

这怎么解释都行。

虽然没有找出关于野野口修的恋人的信息,但刀根老师的话还是很有参考价值，我向她道了谢。

确认过我的工作结束后，刀根老师问起了我对现在工作的感想，还有转行时的心情。我用无关痛痒的话应付了一下，因为这实在是个难以启齿的话题。她似乎也察觉到了，没有一个劲追问，只是在最后说了这么一句话：

"你知道，现在霸凌现象也并没有消失。"

不意外，我回答。提起霸凌相关的事件，我也变得敏感起来。它们让我想起自己过去的失败。

我走出咖啡店，和刀根老师说了再见。

找到一张照片是在见完刀根老师的第二天。发现人是牧村。那时我们正在重新搜查野野口修的家。

我们的目的，不用说，是探明和野野口修有特殊关系的女子的真实身份。围裙、项链、旅行报名表——我们目前手握这三条线索，或许还有其他更具决定性的东西。

没准会有那名女子的照片，我们对此寄予了很大希望。野野口修既然那么用心珍藏着承载了两人回忆的物件，没理由不把照片放在身边。但是，我们翻遍了厚厚的相册，还是没能发现那样的照片，可以说十分奇怪。

"为什么野野口修没有把照片放在手边呢？"搜查的间隙，我询问牧村的看法。

"有可能他没有照片？如果他们曾一起旅行过，那时候就可以拍一张，否则要得到对方的照片可没那么容易呢。"

"是这样吗？把旅行报名表好好收藏着的男人，居然连一张恋人的照片都没有，这种事情可能吗？"

屋里有围裙，说明那名女子偶尔会过来，趁她来的时候拍一张也不是难事。野野口修有一台可以自动对焦的相机。

"如果有照片我们却找不到，那就是野野口修把它给藏在什么地方了吧。"

"是这么个道理。但是为什么藏起来了呢？在被捕之前，他应该想不到警察会搜查他家。"

"不知道啊。"

我环视屋内，脑海中闪过一个念头，想到了野野口修曾经说过的一句话："总之请别再弄乱我的房间了，里面还有别人寄存在我这里的很重要的书呢。"

我站在一整面墙的书本前，从一头开始按顺序翻找起来。我推想，野野口修那样说，表明他家里有不想让人碰的书。我和牧村分工，一本接着一本仔细检查，确认里边是否夹有照片、信件、笔记等东西。

这项工作花了我们两个多小时。野野口修不愧是靠文字吃饭的，拥有的书不是一般的多，我们四周堆积起来的书像比萨斜塔一样倾斜。

我怀疑是不是自己的想法出了问题。就算野野口修真的藏了照片或是什么东西，如果放在连他自己取出来都麻烦的地方，那就没有意义了。应该放在可以随时拿取，而且方便迅速藏起来的地方才对啊。

听我这么说，牧村坐到了放有文字处理机的桌子前，试着模仿起野野口修工作时的样子："假如工作间隙突然想到了她，这里有张照片就再适合不过了。"

他指的是紧挨文字处理机的地方，那里自然没有摆放相框之类的东西。

"既看不到，又随时碰得着。"

牧村按我提的要求找起来。终于，他的目光落到厚厚的《广辞苑》上。至于为什么注意到这本书，他是这样表述的：

"看到页和页之间有好几枚书签露出头来，我一下就想通了，意识到我们查字典的时候会看看这页再看看那页，然后我又记起上高中时有个朋友，他在读书时会把偶像艺人的照片当作书签插在书里。"

他的直觉是对的。《广辞苑》里夹有五枚书签，其中之一是一名年轻女子的照片，像是站在哪里的免下车服务区拍的。她穿着格子衬衫和白色半身裙。

我们随即着手调查这名女子的身份。不过，这没费什么工夫，因为日高理惠认识她。

照片上的女子名叫日高初美，是日高邦彦的前妻。

"初美女士本姓筱田，听说是十二年前和我先生结的婚。大约五年前，她遭遇交通事故身亡了。我没有见过她，因为我担任我先生的责任编辑的时候，她已经去世了。但是我看过留在家里相册中的她的照片，记得她的长相。嗯，照片上的人是初美女士，没有错。"已是寡妇的日高理惠看到我们拿着的照片后，这样说道。

"我们可以看一下那本相册吗？"

听到我的提问，日高理惠抱歉似地摇了摇头："相册现在已经不在我们手中了。我先生在和我结婚时，就把和初美女士相关的物品全部寄回了她的娘家，包括那本相册在内。或许在我们寄往加拿大的行李中还有一些，但我不太清楚。那些行李马上就会被寄还了，到时候我会检查检查。"

日高邦彦是顾及了新婚妻子的感受，应该这么理解吧。在我们就这个话题展开问询时，日高理惠显得不是那么乐意。

"我先生可能是考虑到了我的感受，但我个人并不反感他保留初美女士的东西，毕竟这是人之常情。不过我几乎从来没有听他提起过初美女士，他大概觉得难以启齿，所以我也不好开口。这不是出于嫉妒，仅仅是因为没有必要。"

她在叙述时极力克制情感的模样令人印象深刻。这番话我不打算全盘接收，但感觉其中有一半是真实的。另一方面，她似乎很好奇为什么我们会有她丈夫前妻的照片，询问这是否和案件有关。

"目前还不确定，只是我们在意想不到的地方发现了它，于是准备先查查看。"

对于这种暧昧的回答，她自然不满意。

"'意想不到的地方'是哪里呢？"

当然不能告诉她是在野野口修家发现的。

"目前还不方便透露，非常抱歉。"

但是她似乎凭借着女性特有的直觉展开了推理。接着，她露出惊诧的表情，仿佛明白了什么："在我守灵的时候，野野口先生问了我一个奇怪的问题。"

"是什么呢？"

"他问我录像带在哪里。"

"录像带？"

"一开始我以为他说的是我先生收集的电影录像带，但似乎并非如此，应该是收集素材时拍摄的录像带。"

"您先生会在收集素材时使用摄像机？"

"对，尤其当对象是会动的东西时，他一定会拿上摄像机。"

"野野口修问了您那种录像带放在哪里。"

"是的。"

"您是怎么回答的？"

"我说可能是先寄去加拿大了。和工作相关的东西都是我先生自己整理的，我不是很清楚。"

"然后野野口修是怎么说的？"

"希望行李寄还到我手中后，我能通知他一下。说是工作用的录像带寄存在我先生那里。"

"他没说带子拍了什么吧？"

日高理惠答说没有，试探性地看着我，继续道："或许拍的是某个人呢。"

"某个人"指的就是日高初美吧。我没有就此发表看法，只是拜托她在带子从加拿大寄返后告知我们。

"除此以外，野野口修还和您说过什么让您在意的话吗？"我不抱期待，但以防万一还是问了一句。

日高理惠略显犹豫，说其实还有一点："是稍早之前的事了，野野口先生曾提到初美女士。"

我有些惊讶："具体来说呢？"

"是让初美女士丧生的那起事故。"

"他说了些什么呢？"

日高理惠迟疑片刻，然后像是下定决心一般，说："野野口先生说，他不认为那是一起单纯的事故。"

这是值得留意的证词。我请她说得详细一些。

"除此以外他也没有多说了。说这话的时候，我先生离开座位了，恰好只剩我们两个人。我有些记不清怎么会谈到这个了，但唯独忘不掉这句话。"

这的确是会留在人记忆里的发言。

"如果不是单纯的事故，那是什么呢？他没说吗？"

"是的，我也问了，这么说是什么意思。野野口先生便突然一副后悔莫及的表情，拜托我忘了他刚才的话，还希望我不要告诉我先生。"

"那您是怎么做的？和您先生说了吗？"

"没有，我没有和他说。像刚才说的一样，初美女士的话题我们都会回避，而且这也不是轻轻松松就能说得出口的内容。"

日高理惠的判断不失妥当。

出于谨慎考虑，我们也把照片给熟悉日高初美的人看了，比如经常出入日高家的编辑和日高家的邻居，大家都表明照片上的人是日高初美无疑。

那么，野野口修怎么会有日高初美的照片呢？

不过这一点也没什么可推理的。一名女子把围裙放在野野口修家，本将收到他送的项链，准备和他一起去冲绳旅游——她的真实身份应该就是日高初美。当时她是日高邦彦的妻子，所以她和野野口修算是外遇。野野口修与日高邦彦重逢是在七年前，而日高初美去世是在五年前，两人理应有足够的时间发展关系。另外，从野野口修家找到的旅行报名表上填的"野野口初子"，应该就是日高初美的假名。

我个人认为，以上情况与这次的案件之间绝非毫无关联。野野口修到现在都不肯交代的动机，大概恰恰与此密切相关。

首先，野野口修无疑就是日高邦彦的影子写手，许多间接证据都证明了这一推理。但我无法回答为什么野野口修甘心这样做。就目前的调查而言，日高邦彦并没有对野野口修提供回馈。而且，最近在和编辑们的沟通过程中，我有一个感悟，那就是作家不会为了金钱出卖自己的作品，尤其是可能收获好评的作品。

要是野野口修欠日高一个大人情呢？若果真如此，又是什么人情呢？

我不由得联想到野野口修与日高初美间的事。当然，就算日高邦彦发现并默许了二人的关系，而野野口修付出的代价是充当影子写手，这种想法也未免太经不住推敲了——初美死后，野野口修仍在给日高供稿。

但不管怎么说，还是有必要调查一下野野口修和他们之间的关系。遗憾的是，这对夫妇都已经不在人世，没法直接问他们。

此刻，日高理惠的话再次浮现脑海：野野口修曾说日高初美的死不是单纯的事故。他这话是什么意思呢？如果不是事故，那又是什么呢？

我调查了那起事故。资料显示，日高初美是在五年前的三月份去世的。夜里十一点左右，前往附近便利店买东西的路上，她被卡车碾过。现场是个急转弯，能见度有限，而且那天还下了雨，她穿行的路段也没有人行横道。

最后的结论是卡车司机没有留意前方路况。鉴于这是车辆和行人间的事故，这样的结论也不令人意外。只不过根据记录，卡车司机似乎并不认同，主张是日高初美突然冲到马路上的。如果这是事实，那没有目击证人的卡车司机便是不幸的。但他的话也很难令人信服。撞死行人的司机基本上都会宣称行人是过错方，处理过交通事故的警察都对这一点心知肚明。

不过，我尝试着考量了卡车司机所言属实的假设。如果真如野野口修所说，这不是单纯的事故，那就只剩下两种可能：自杀或他杀。

如果是他杀，那么日高初美就是被人推到马路上的，凶手必然也在现场。既然是在卡车驶到跟前的前一刻把人推过去的，司机不可能没看到凶手。

这样就只剩下自杀的可能了。所以野野口修认为日高初美并非死于事故，而是自杀。

为什么他会这样想？是有物证留下来了吗？比如他收到了遗书什么的。

日高初美为什么自杀，野野口修心里应该不会不清楚吧。究其原因，或许和外遇脱不了干系。在我看来，日高初美的不忠终究还是被丈夫发现了。眼见自己将被抛弃，她悲观地选择了赴死。如果事实如此，那么她和野野口修之间不过是玩玩而已。

无论如何，有必要调查一下日高初美。在征得上司的许可后，我和牧村去了她的娘家。

筱田家在横滨的金泽区，是一栋坐落于高地、庭院打理得很漂亮的高级和式住宅。日高初美的双亲都还健在，她的父亲有事外出了，接待我们的是母亲筱田弓江，一位身材小巧、品味很好的女士。

对于我们的来访，她似乎并不意外。自从知道日高邦彦遇害后，她应该就做好了警察有一天会找上门来的准备，或许警察迟迟不来反而出乎她的意料。

"做那种工作的人，多少会有些难以相处。特别是当工作不顺的时候，他就会神经紧张，初美曾经抱怨过。不过我想在一般情况下，他是个体贴的好丈夫。"

这是岳母对日高邦彦的印象。到底是真心话还是场面话，我无法辨别。我总是看不透年长的人，特别是年长女性的真实想法。

据她说，筱田初美和日高邦彦应该是在一家小型广告公司工作时认识的。我们也已经确认过，日高邦彦曾在那里工作过两年。

在交往过程中，日高去了出版社，结婚是在那之后不久。很快，日高获了新人奖，成了一名作家。

"他经常换工作，我们家那位也曾担忧过是否能把初美托付给这样的人，但好在初美没在物质上吃过苦。后来邦彦又成了畅销作家，我们便没什么可担心的了，高兴得不得了。没想到初美却遇上了那种事……人死了什么都完了。"筱田弓江眼眶有些湿润，但再怎么说也没有让自己在我们面前哭出来。已经过了五年，她的心情应该也在某种程度上得到了调整。

"听说是在购物的路上遭遇了事故。"我不动声色地开始询问事故的详细经过。

"是的，我们是事后听邦彦说的。她准备做晚上吃的三明治，但家里没有面包了，于是才出去买。"

"卡车司机似乎坚称初美女士是突然冲到路上的。"

"好像是这样，但初美可不是会这样乱来的孩子呀。当时能见度差，也没有人行横道，那孩子就这么横穿马路了，是有些不够小心。我想或许她当时十分匆忙。"

"那段时间他们夫妇二人的关系怎么样？"

听到我的提问，筱田弓江显得有些意外："我觉得挺好的，为什么这样问呢？"

"没有，没什么特别的意思。只是遭遇交通事故的人大多都因为有心事而恍恍惚惚的，所以我就多问了一句。"我掩饰道。

"是这样啊。在我的印象中两个人还是相处得挺好的，不过有时邦彦忙于工作，初美似乎会有些寂寞。"

"原来如此。""有些寂寞"是否就是问题所在呢？我产生了这样的想法，不过没有问出口。

"在事故发生前，您和初美女士经常见面吗？"

"没有。邦彦有工作上的安排，她也不怎么回这边，我们只是在电话里问问彼此的情况。"

"您听她的声音应该没什么异样吧？"

"嗯。"她点了点头，似乎想不通警察为什么会问起五年前的事故，担心地问道，"请问邦彦的案子和初美有什么关系吗？"

应该没什么关系，我这样回答，继而又解释说，警察就是这样，不把案件的相关人员都调查一番就不死心，哪怕对去世的人也一样。

初美的母亲半是理解、半是疑惑地听着。

"您听初美女士提起过野野口修这个人吗？"我触及了谈话的核心。

"听说这个人不时出入他们家。说是邦彦儿时的朋友，有志成为一名作家。"

"其他还说什么了吗？"

"您看，因为是很久之前的事了，我也记得不太清楚了，但我想除此之外没有再说过什么。"

这是自然。和母亲谈论自己的外遇对象，想想也不可能。

"听说初美女士的个人物品基本都在您这里，方便给我们看看吗？"

听我这么说，初美的母亲不免露出一副困惑不已的表情："说是个人物品，但都不是什么重要的东西。"

"任何东西都没关系。我们打算彻底调查和日高邦彦先生还有嫌疑人有关的东西。"

"就算您这么说……"

"比如她写过日记什么的吗？"

"没有那种东西。"

"相册呢？"

"倒是有。"

"方便让我们看一下吗？"

"但里边都是邦彦和初美的照片。"

"那也无妨，是否能派上用场，我们自会判断。"

她一定在想，这个警察说的话可真奇怪。现阶段还不能告诉她初美和野野口修可能关系不一般，我还没有得到上司的许可。

虽然一脸不解，但她还是走进房间，又拿着相册回来了。说是相册，但并不是包了精美硬壳的那种，只是几本放了照片的薄薄的小册子，收纳在盒子里。

我和牧村一本一本地看了起来。里面的女子和在野野口修家找到的照片上的女子无疑是同一个人。

大部分的照片都标注了拍摄日期，很容易就找到了日高初美和野野口修可能产生联系的时段的照片。我们仔细查看，试着找出能暗示二人关系的地方。

最终牧村找到一张照片。他没有说话，直接让我看了看。我马上就明白了为什么它吸引了牧村的注意。

我请求筱田弓江让我把相册拿回去，她一副惊讶的表情，但还是答应了我。

"除此以外，初美女士的个人物品还有些什么呢？"

"剩下就都是些衣服和首饰了。邦彦准备再婚，这些东西放在他家里也不合适。"

"有书面的东西吗？比如信件或明信片。"

"我想没有那种东西，不过我会再好好检查一遍的。"

"录像带呢？大概是磁带的大小。"听日高理惠说，日高邦彦收集素材时用的是八毫米摄像机。

"这个嘛，应该没有。"

"那么，和初美女士关系要好的人的名字可以告诉我们吗？"

"关系要好……"她好像一时之间想不起名字，说了声"失陪一下"，又离开了。再次出现在我们面前时，她的手中多了一样薄薄的像记事本的东西。

"这是我们家的通讯录，上面也记了初美的几个朋友。"接着，她找出三个人的名字，其中两个是上学时的朋友，还有一个是在广告公司上班时的同事，都是女性。我将她们的姓名和联系方式都记录了下来。

紧接着，我们展开了对这三位友人的询问。自打日高初美结婚以后，两个上学时的朋友就几乎和她没有什么联系了，不过名叫长野静子的同事倒是和她关系亲密，一直到事故发生的前几天，两人似乎都有电话往来。以下是长野静子的证词：

"我觉得吧，一开始初美对日高先生并不怎么在意，但是在日高先生的热烈追求下，她也就被吸引过去了，日高先生在工作上有时也很强势呢。初美是一个有些内向的人，不怎么把情绪表露出来，被求婚时应该也有些犹豫，不过被日高先生推了一把也就答应了。但是啊，对于这桩婚姻，初美并没有表现出过后悔，看上去还是很幸福的。不过，自从日高先生成为作家后，他们的生活模式就发生了翻天覆地的变化，可能是出于这个原因吧，初美总是显得有些疲倦。对日高先生不满的话，倒是没怎么听她说过。事故发生前？也没什么特别的事，就是想听听她的声音，所以我就给她打电话了，她听上去跟平时没有两样。具体聊了些什么我记不起了，应该是和购物啊餐厅啊有关的话题吧，我们打电话一般就聊那些事情。听说那起事故时我整个人都惊呆了，完全无法相信，连眼泪都没有流。从守灵到举办葬礼我都一直在帮忙。日高先生？可能因为他是男人，不能在众人面前显得乱了分寸，但我作为旁观者，还是可以看出他是很低落的。一晃已经五年了呢，还是会觉得就是最近发生的事。您问谁？野野口修？就是那个凶手吧？哎呀，他有没有参加葬礼我就不太清楚了，那时候去吊唁的人太多了。不过，您为什么现在还要调查初美的情况呢？是和案件有什么关系吗？"

拜访完日高初美的娘家两天后，我和牧村一起去了野野口修所在的医院。像上次一样，我们先和他的主治医生谈了话。

医生很苦恼，因为术前准备都就绪了，病人却不同意。据他说，野野口修觉得即便做手术也不会有太大帮助，还不如就像现在这样，能多活一天是一天。

"有可能因为做手术而加速病人的死亡吗？"我问主治医生。

也不是没有这种可能，医生回答。但他仍旧认为这个手术值得做。

我们走进野野口修的病房，这番话还在我脑海中盘旋着。野野口修支着上半身，正在读一本文库本。他瘦了许多，但脸色不差。

"有些日子没见到你了，我还在想是怎么回事呢。"他的语气一如既往，只是声音明显没什么力气。

"我又有了一个问题要请教。"

野野口修露出不耐烦的表情："又来了，没想到你居然是纠缠不休的性格。还是说一旦成了警察，任谁都会变成这样？"

我没有接他的话茬，而是将带来的照片放到他的面前。不用说，就是那张夹在《广辞苑》里的日高初美的照片。"这是在你家发现的。"

这一刻,野野口修的面部发生了奇怪的扭曲,变得僵硬无比。我察觉到他的呼吸也紊乱了。

"所以呢?"他问道。

在我看来,仅仅是说出这句话都让他用尽了全力。

"能解释一下这张照片是怎么回事吗?为什么你会有日高邦彦的前妻初美女士的照片,而且还妥善保存着?"

野野口修避开我的视线,看向窗外。我盯着他的侧脸,感觉到他在一刻不停地思考着。

"即便我有初美女士的照片又如何?这和案件完全没有关系吧?"他终于开口说话了,但目光仍旧向着窗外。

"是否有关就交给我们判断,老师你只需要提供我们判断用的素材就可以了。还请坦诚一些。"

"我很坦诚啊。"

"那就请你也坦诚地说说这张照片是怎么回事。"

"没什么怎么回事,这照片并没什么了不得的含义。不知道什么时候拍了一张,忘记给日高了,就一直放在我那里,后来顺手当作《广辞苑》的书签用了。"

"是什么时候拍的?看起来像是在哪里的免下车服务区。"

"忘了。我以前经常和他们夫妇一起去赏花、参加庆典什么的,就是那种场合顺便拍的吧。"

"只拍了夫人吗？人家可是两口子。"

"碰巧而已吧。如果是在服务区的话，可能日高去厕所了，我正好在那个时候拍了照。"

"既然如此，那个时候拍的其他照片在哪里？"

"都说了我连是什么时候拍的都忘记了，怎么可能回答得了这种问题？有可能是放在相册里，也有可能是不小心扔掉了，反正我不记得了。"野野口修显然很狼狈。

我又拿出两张照片，放到他的面前。两张都拍到了富士山。

"这你总该记得吧？"

我确信他看到照片后咽了口唾沫。

"这是从老师你的相册里找到的，你不可能忘掉这两张照片吧？"

"……什么时候的照片来着……"

"这两张照片是在同一个地方拍的。具体是在哪儿，还没有想起来吗？"

"没想起来呢。"

"是富士川，确切地讲是富士川服务区。还有，老师，刚才日高初美女士那张照片中的地点正是这里。她身后的台阶说明了这一点。"

听完我说的话，野野口修沉默不语。

许多侦查人员都注意到了日高初美照片中的地点是富士川服

务区。以此为基础，我们重新审视了野野口修的相册，找到两张拍到富士山的照片。在静冈县警方的协助下，我们确认这两张照片极有可能是在富士川服务区拍摄的。

"如果你不记得初美女士的照片是在什么时候拍的，那能否告诉我们拍下这两张富士山的照片时的情况？这一点应该不难吧。"

"很遗憾，我也想不起来了。我甚至都不记得相册里还有这种照片。"看来他是下定决心对这件事装傻到底了。

"这样啊，那只能给你看最后这张照片了。"我从上衣内袋里取出一张可以被称为王牌的照片，是从日高初美娘家借来的相册里的。去筱田家时，牧村发现了它，上面有三名女子。"这张照片上有你非常熟悉的东西，你自然知道是什么吧。"

我凝视野野口修端详照片的神情。他微微睁开了眼睛。

"怎么样？"

"抱歉，我不懂你在说什么。"他的声音有些沙哑。

"这样啊。但是照片上的三名女子，正中间的是日高初美女士，这你总知道吧。"

野野口修没有回答。不消说，这沉默就是默认。

"那么，对于初美女士身上这条围裙，老师你怎么说？还记得这黄白格子吧，和在你家找到的那条一模一样。"

"……就算如此，那又怎样？"

"对于为什么会有日高初美女士的照片，老师你怎样都能自圆其说吧。可至于为什么会有她的围裙，你打算找什么借口呢？我们只能认为你们两位之间有特殊的关系。"

野野口修低低地呻吟了一声，然后又陷入了沉默。

"老师，能不能请你说实话呢？一旦我们有所行动，媒体就极有可能察觉到。虽然现在还没有这个苗头，但他们很快就会嗅到什么，搞不好还会写出通篇都是臆测的报道。如果你能坦白一切，我们或许就能采取对策。"

我不敢确定这番话起了多大的效果，但从野野口修的面部表情上，我察觉到他似乎动摇了。

终于他开口说："我跟她的事和这次的案子之间完全没有关系，这一点我可以肯定地告诉你。"

听到这句话，我放下心来，总归是有了一点进展："这算是承认你们的关系了，对吧？"

"谈不上'关系'，只是一时的意乱情迷。但是不管她也好还是我也罢，很快这种热情就冷却下来了。"

"关系是从什么时候开始的？"

"记不确切了，大概是我开始出入日高家以后五六个月左右的时候吧。那时我患了感冒，在家卧床休息，她时不时会来看我，这就是契机。"

"持续了多久？"

"两三个月吧。刚才也说了，不长，只是一时头脑发热而已，当时两个人都有些不对劲。"

"但是在那之后老师你仍和日高一家有来往。一般来说，发生这种事后都会选择疏远吧。"

"我们也不是闹翻了分手的，而是沟通后觉得还是断了这种来往为好，约定回归到以前的关系。话是这样说，但在日高家见到彼此时，还是很难做到心如止水。事实上，我去他们家时，她往往都外出了，应该是在刻意避开我吧。或许这么说不合适，但要是她没有遭遇事故，总有一天我也会和他们夫妇断绝来往的。"

野野口修不带感情色彩地说道，刚才的狼狈已消失不见。我观察着他的表情，想要判断他的话有几分可信。他不像在说谎，但是过于平静的模样也不太自然。

"除了围裙，我们还在老师家发现了项链和旅行报名表。是否可以认为，那两件物品也和日高初美女士有关？"

他点了点头："我们本来打算一起去旅行的，都到了报名的那一步了，但最终还是没能成行。"

"为什么？"

"因为我们分手了啊。还用说吗？"

"项链呢？"

"像你推理的那样，是我打算送给她的，结果也作罢了。"

"除此以外还有其他和日高初美女士有关的物件吗？"

野野口修想了想，然后答道："衣柜里有一条佩斯利图案的领带，是她送给我的。另外橱柜里有一个麦森瓷茶杯，她来我家时会用，是我们两个人一起去店里挑选的。"

"店名是什么？"

"我记得是银座的一家店，具体位置和名字记不得了。"

在确认牧村记录下上述内容后，我继续问野野口修："老师至今仍旧没有忘记日高初美女士吧？"

"没有的事，都过去那么久了。"

"那为什么你还珍藏着这些带有回忆的东西呢？"

"所谓'珍藏'只是你一厢情愿的看法，我只是没有处理它们罢了，时间也就这么过去了。"

"照片也是吗？夹在《广辞苑》里当书签用了这么多年也没有处理掉。"

看来野野口修不知该怎么回答了，因为他这样说："行吧，随你怎么想好了，反正是和这次的案子无关的话题。"

"这话你也听厌了，但我们自有判断。"

最后我还有一件事要确认，是关于日高初美死于事故这一点。我问野野口修是怎么看待的。

"你问我是怎么看待的，我也很难回答啊。我只能说这很令人心痛，我很震惊。"

"那你一定很恨关川吧？"

"关川？那是谁？"

"你不知道是谁吗？全名是关川龙夫，你至少应该听说过吧？"

"我不知道啊，没有听说过。"

看他这么确定，我解释起来："他是那个卡车司机，撞死初美女士的人。"

野野口修如遭晴天霹雳："这样啊……是叫这么个名字啊。"

"你不知道他的名字，这一点可以理解为你对他并没有那么怨恨吗？"

"我只是不记得而已，当然不是不恨，可是就算再怎么恨，她也不会死而复生啊。"

此时，我抛出了从日高理惠那里听到的事："是因为你觉得那是自杀，所以并不恨司机，对吗？"事实上他只说过"不认为那是一起单纯的事故"，"自杀"这个词是我故意加上的。

野野口修睁大双眼："为什么你要这样说？"

"因为我听说你对某个人是这样说的。"

他似乎意识到"某个人"是谁了："就算这样，我也只是把一时的想法随口说出来了而已。我承认自己有些轻率，但你要是这么较真可就让我发愁了。"

"就算只是'一时的想法'，我也很想知道你的依据是什么。"

"我忘啦。要是有人要求你把过去自己说的每句话的根据都

——解释清楚,你也会头疼吧?"

"没关系,这件事我们一定会再次详细地询问你。"

离开病房,我感觉这次收获颇丰。毫无疑问,野野口修认为日高初美就是自杀而死。

就在我们回到搜查本部后不久,日高理惠联系了我们,说收到了从加拿大寄返的行李,其中好像有日高邦彦收集素材时用的录像带。我便马上去见她。

"放在行李中的录像带就只有这些。"日高理惠说道,在桌子上并排摆放了七盘八毫米录像带,每盘都可以录一个小时。

我一一拿起来检查。外盒上只有从一到七的编号,没有写标题,想必这些信息对日高本人来说已经足够了。

我问日高理惠是否看过内容了。"没有,"她回答,"总觉得不对劲。"

或许她是对的。我请求她先暂时交由我们保管,她同意了。

"另外,其实还有一件东西,我觉得还是请您看看为好。"

"什么东西?"

"就是这个。"日高理惠把一个便当盒大小的正方形纸盒放到了桌子上,"是和我先生的衣服放在一起的,我没什么印象,所以应该是我先生放进去的。"

"那我看一下。"我将盒子拿到近前,取掉盖子,只见里边有一把装在塑料袋里的刀。刀柄是塑料的，刀刃长二十厘米左右。我连袋子一起掂了掂，重量不轻。

我问日高理惠这是什么刀。她摇了摇头："我不知道，所以才想请您看看。我从来没有见过这把刀，也没听我先生说起过。"

我隔着塑料袋观察刀的表面，看上去不像是新的。日高邦彦是否有登山的习惯，我提问。据我所知没有，这是她的回答。

我将这把刀也带回了搜查本部。

一到本部，我们便迅速分头观看起录像带来。我看的那盘讲的是京都传统工艺，尤其是西阵织，记录了手艺人沿用古法纺织的模样和他们的日常生活。偶尔穿插着低声的旁白，应该是日高邦彦吧。这盘可以录一个小时的带子只用了百分之八十左右，剩余的部分都是空白。

据其他侦查人员所说，另外几盘录像带的情况也一样，都是单纯的素材搜集。为保险起见，我们交换了带子，快进着看了看，得到的印象也没变。

为什么野野口修会向日高理惠询问日高邦彦的录像带的下落？是不是因为拍到了对他来说很重要的内容？但是从我们观看的这七盘带子中，并没有发现能和野野口修产生关联的内容。

看来是我们脱靶了，一种低落的气氛在我们之中弥漫开来。可就在这个时候，鉴定人员带来了一个令人意想不到的消息。此前，我已经将那把刀交给了他们。简而言之，鉴定结果是这样的：

"刀刃部分有些许磨损,可见曾被数次使用,不过未曾有血液附着。刀柄部分有多处指纹,经鉴定全部来自野野口修。"

这个发现无疑值得大书特书。不过对于这一点该作何解释,我们还没有思路。为什么日高邦彦会把有野野口修指纹的刀像贵重物品一样保管着,而且连妻子都瞒着呢?倒是也可以向野野口修本人询问,但是这个提议被驳回了。全体侦查人员一致预感,这把刀可能会成为让野野口修说出真相的王牌。

第二天,日高理惠再次联系我们,说又发现了一盘录像带。听到这个消息,我们马上赶了过去。

"请看这个。"她首先拿出了一本书,是《夜光藻》这部小说的单行本,之前她也给过我一本。

"这本书怎么了?"

"请打开封面看看。"

我照她说的,用手指翻开了封面。同行的牧村发出"啊"的一声。

只见书被挖空了,一盘录像带放在里面。简直像过去的间谍小说一般。

"这本书没有和其他书在一起,是放在另外的行李里的。"日高理惠说。

毫无疑问,日高邦彦出于某个目的藏起了这盘录像带。赶回搜查本部太浪费时间了,我们当场播放起带子来。

出现在屏幕上的,是我见过的庭院和窗户。日高理惠自不必说,连我们都马上意识到了这是日高家。似乎是在晚上拍的,看上去十分昏暗。画面的一角显示着拍摄日期,是七年前的十二月。我探出身子,想看看会发生什么,但镜头中一直是庭院和窗户,没有任何变化,没有任何人出现。

"要不快进一下看看?"牧村说。

就在这时,画面中有一个人登场了。

告白之章

野野口修的手记

下次加贺警官再来病房找我，就是他探明所有答案的时候了吧。说实话这几天我一直在这样想。从他至今的工作作风上来看，这是可以预见到的事。事实上，他在以一种惊人的速度精准地接近真相，我的耳边总是回响着他的脚步声。从他知道我和日高初美关系的时候，我就该做好一定程度的心理准备了：恐怕瞒不下去了，我无法不放弃了。他的洞察力比想象中更让我生畏。这样的话由我来说有些奇怪，但是他辞去教职选择现在的工作真是无比正确的决定。

加贺现身我的病房时带来了两个证据：一是刀，二是录像带。让我惊讶的是，录像带据说是放在一本被挖空的《夜光藻》内部。这还真像日高会搞的把戏，我心想，也符合他一贯难以对付的做派。换作别的书，就算是加贺也不会这么轻易地看透真相。

"请解释一下这盘录像带里的内容。如果你想看，我会向医院借一下录像机和电视。"

加贺基本上只说了这些，但是足以让我道出真相了。因为如果我不坦白，就解释不了带子的内容，毕竟那些影像都太不寻常了。

但我还是想做些无谓的抵抗，打算什么都不说，却又马上明白了这样毫无意义。仿佛预料到我会保持沉默似的，加贺讲起了自己的推理。令我震惊的是，除了细节以外，他基本百发百中。最后他补充道：

"我说的在现阶段来看都只不过是想象，但是我们准备将这些看作你的犯罪动机。老师以前也说过吧，动机什么的无所谓，警方看着办就好。作为回应，这就是我们将要做的。"

我以前确实对他表达过这个意思，没有开玩笑，是认真的。如果非要问我为什么会走到要杀掉日高邦彦这一步，与其坦白真正的原因，还不如任他们编造一个像样的说辞。那时我连做梦都没有想到，加贺会找出真正的原因，所以自然也就没有考虑过如果真有这么一天，我应该如何应对。

"看来我好像输了呢。"我尽量不让自己显得狼狈，努力保持平稳的语调。加贺应该也看出了吧，这是我最后的逞强。

"可以说了吗？"加贺问道。

"我只能这样做了，对吧。就算我不说，你也准备把刚才的话当作事实提交给法庭吧？"

"没错。"

"既然这样，那就要尽量准确才好，这样一来我也才能释怀。"

"我的推理有不对的地方吗？"

"基本上没有，真是了不起。只不过有几点我想补充，因为事关名誉。"

"老师你的名誉？"

"不，"我摇摇头继续道，"事关日高初美女士的名誉。"

加贺点了点头，似乎领会了我的意思。接着他指示同行的警官开始做记录。

"稍等一下，"我说，"必须以这种形式记录吗？"

"你的意思是……"

"要说的很多，而且在一些内容上我还想先理一理思绪。如果想到什么就说什么，以致我无法传达真正的意思，那也会让人很困扰。"

"调查笔录一定会给老师过目的。"

"这一点我知道，但我也有自己的原则。我希望在自述时能用自己的语言。"

加贺稍作沉默，开口道："你是想写自述？"

"如果允许的话，是的。"

"我明白了，这样一来我们也省事了。需要多长时间？"

"一整天就能写完，我想。"

加贺看了一眼手表。"那我明天傍晚再来。"说着，他站起身来。

这就是我现在写这份自述的原因。这恐怕是我最后一次写给别人看的东西了吧,也就是说这会是我最后的作品。这样一想,我就觉得一字一句都不该潦草对待,但遗憾的是我没有太多时间去推敲措辞了。

正如加贺多次提到的那样,我和日高邦彦重逢是在七年前。那时日高已经以作家的身份出道了,距他获得某出版社的新人奖大概过去了两年。其间,他出版了一本主推那部获奖作品的短篇集,以及三本长篇小说。我还记得当时对他的评价是"备受期待的年轻作家"。当然了,出版社在给刚出道不久的作家出书时,一定会这么宣传。

他是我儿时的伙伴,所以从他出道起,我就一直很关注他。我一方面觉得他干得漂亮,另一方面也不可否认自己很嫉妒,因为那时我已经梦想将来当一名作家了。

事实上,孩提时代我们就多次谈论过这一梦想。我们两个人都喜欢书,发现好书时会相互分享,还会向彼此借书。夏洛克·福尔摩斯和亚森·罗宾的魅力就是他告诉我的;同样地,我也将儒勒·凡尔纳推荐给了他。

日高经常说,他也想写出这么有趣的故事,也会毫不羞怯地表示自己有朝一日要成为一名作家。我没有像他那样大大方方地宣告过，但正如上文所说，作家也是我憧憬的职业。

有了这样一层背景，是不是也不难理解在被他抢先时我的嫉妒之情了？我连这条路该怎么走都还不知道呢。

话虽然这样说，但旧友取得了成功，我肯定是很想给他鼓劲加油的。而且对我来说，这也未尝不是个机会，或许通过日高我就可以结识出版界的人了。

打着这样的如意算盘，我其实希望马上就去见他，但转念一想，对于刚出道的他来说，就算是儿时伙伴的鼓励，肯定也只会让他徒增烦恼。于是我决定先在杂志和书本上读他的作品，以这种形式支持他。

在他的刺激下，我也终于开始认真创作了。上学时我和几个朋友一起做过同人志之类的东西，写小说是打那以后头一遭。

我有几个酝酿多年的想法，从中选出进行创作的是烟花师的题材。我老家附近住着一个烟花手艺人，小学五六年级的时候我经常去他那里玩，印象中是一个七十岁左右的老人。这个爷爷讲的做烟花的事特别有趣，实在让人难忘。后来我就想，可不可以把这些扩展成小说：一个平凡的男人因为偶然的机会对烟花制作着了迷。我以此为脉络写了起来，并且为这部作品起名《圆之焰》。

就这样过了两年，我决心给日高写信。我在信中说，自己读了他出道以来的所有作品，会为他加油，请他好好努力。同时，我也表明希望和他见上一面。

出乎我意料的是,他很快就回信了。不,说"回信"很奇怪吧,应该说他给我打了电话。在信中,我留了家里的电话号码。

通话过程中,他热切地回忆起往事来。仔细一想,自从初中毕业后,我们俩就没有这样好好聊过了。

"我从你妈那里听说你现在当上老师啦。多稳定,多好啊。我可是既没有工资也没有奖金,每天都在发愁将来该怎么办呢。"

说完,他豪爽地笑了。毫无疑问,他能这样说自然是因为他有优越感,但我当时并没有感到多么不愉快。

我们在电话里商定了见面的事,决定先在新宿的咖啡店碰头,然后去中餐厅吃饭。我是从学校出来的,穿着西服;他则是收腰短夹克搭配牛仔裤的装扮:原来这就是从事自由职业的人啊。印象中,不知怎的,我很受触动。

我们聊了聊过去的事和共同好友的近况,话题随即集中在日高的小说上。他知道我读了他所有的作品,显得非常惊讶。据他说,就连向他发出工作邀请的编辑中,都有一多半人几乎没怎么读过他的作品。这很出乎我的意料。

他情绪高涨地说了很多,但当我提到书的销量时,他的脸上有了少许阴霾。

"不过是得了一个小说杂志的新人奖,畅销不起来的,作品终究没有引起话题。同样是得奖,如果是更主流的奖项,情况就会好很多呢。"

我想，就算是梦想成真当了作家也有很多不容易啊。

事后再想，当时的日高在作家之路上可能已经碰壁了。这就是所谓的低潮期吧，他应该也还没找到解决办法。当然，那时的我对这些一无所知。

我对他说，其实我也在写小说。而且，我的梦想是有朝一日出道，连这一点我也索性坦白了。

"有已经完成了的作品吗？"他问我。

"没有。太惭愧了，我还正在写第一本，不过快写完了。"

"那你写完后带过来给我看看吧。要是我看了觉得还不错，就给你介绍相熟的编辑。"

"真的吗，日高？听你这样说，我写起来也更带劲了。本来我想着什么门路也没有，写完后只能参加参加新人奖评选来着。"

"别费那个劲啦，而且这其中运气也是很大一个因素。如果不合评委的胃口，就算是好作品也可能在预选阶段被刷下去。"

"听说过类似的事。"

"是吧？直接见编辑才是快车道。"日高自信十足地说道。

那天道别前，我告诉他自己一写完就会马上联系他。

有了具体的目标，我下笔的动力也发生了改变。之前拖拖拉拉一年多只写了一半，和日高见面后只用了短短一个月，我就完成了作品，是一百多页稿纸的中篇。

我联系了日高,说小说写完了,想请他看看。日高说快递过去就可以,于是我复印了一份寄给他,接下来只用等着就行了。随后的日子里,我连在学校都会感到不安。

然而日高迟迟没有联系我。我觉得他可能是太忙了,所以没有马上打电话催他。不过脑海中也有一种不祥之感扩散开来:会不会是我写的东西一无是处,日高不知道该怎么给我答复呢?

寄出稿子一个多月后,我下定决心打了一个电话。虽然不同于我的预想,电话那头的回复仍旧令人沮丧:他还没有读。

"对不住,有些棘手的工作要处理,没能抽出时间看。"

他都这样说了,我也无言以对了。"我这边没关系,不着急,你完成好工作要紧。"反而成了我鼓励他。

"不好意思,等我这边完成了马上就读。目前只大概看了个开头,是讲烟花师的故事吧?"

"嗯。"

"你是想起来住在神社附近的那个老爷爷,写了他的故事?"

日高似乎也还记得那个当烟花师的老人。"是啊。"我答道。

"我也好怀念那个时候啊,想早点开始读,但总是没时间。"

"你现在的工作大概还要花多久才能完成呢?"

"嗯,还得一个月左右吧,总之我读完会马上联系你。"

"嗯,那拜托你了。"

挂断电话,我心想,写作真是一项艰辛的工作啊。这个时候我对日高还没有丝毫怀疑。

从那之后又过了一个多月，他仍旧没有联系我。我也知道频频催促会给人添麻烦，但我实在是太想听到日高对我作品的看法了，于是忍不住又拨去了电话。

"对不住啊，我还没开始看。"他的回答让我的心情跌到了谷底，"工作比预想中花费了更多的时间，再稍微等一下吧，好不好？"

"倒也行……"说实话，再等下去我就太痛苦了，于是我继续道，"日高，要是你忙的话，可以给我介绍一下其他能读的人吗，比如编辑？"

他马上换了一副不愉快的口吻："那不行啊，我可不想把自己都不知道好坏的东西硬塞给他们。编辑也很忙的，原本手里就有一大堆质量堪忧的稿子要看。就算要介绍给别人，也得我先看完。你要是信不过我，我现在就把稿子还给你，怎么样？"

日高都这样说了，我也不好再多说什么："我不是这个意思，只是想着你这么辛苦，要是有人可以分担就好了。"

"很遗憾，可没有人愿意花费精力去读一个普通人写的小说啊。但是别担心，我会负起责任读的，说到做到。"

"这样，那就交给你了啊。"说完，我挂断了电话。

但是不出意料，两周过后他仍然没有联系我。我做好了再次受挫的心理准备，拿起了电话。

"我正想给你打电话来着。"听他淡漠地这样说着,我不免有些在意。

"你读了吗?"

"嗯,前些日子读了。"

那为什么没有马上给我打电话?我想这么说,但忍住了,转而问他对作品的感受。"你觉得怎么样?"

"嗯,怎么说呢……"他停顿了几秒钟,然后继续道,"在电话里说不清楚呀。这样吧,你来我家吧,我想和你好好聊一聊。"

这番话令我困惑不已。我只想先听他说说作品究竟好不好,他却让我产生了一种烦躁感。另一方面,他专程邀请我去他家,想"好好聊一聊",也说明他确实是认真读过的。我带着些许紧张,说道:"期待听到你的建议。"

就这样,我去了他的家。这时我还根本无法想象,这次拜访将对我今后的人生产生巨大的影响。

当时他刚买下现在的房子。他还是上班族时好像存了不少钱,两年前去世的父亲应该也给他留下了大量遗产。幸好他成为畅销作家了,不然他会显得和那栋房子格格不入吧。

我带着苏格兰威士忌作为礼物登门拜访。

日高穿着运动服出门迎接我,旁边站着初美。

现在回想,那是一见钟情。我见到初美的瞬间,就有了一种感应,是近乎似曾相识的感觉。当然,我以前从来没有见过她,所以准确来讲，我是感到自己终于见到命中注定之人了。我盯着她的脸，一时说不出话来。

不过，日高似乎没有察觉出我的心神不宁。他让初美给我们冲上咖啡，然后带我去了工作间。

我原本期待马上开始谈论作品，但他迟迟没有进入正题，一直在聊社会事件，询问我的工作。初美都把咖啡端上来了，他还在说些不相干的事。

终于，焦躁不已的我说道："我的小说到底怎么样？如果写得不好，希望你能直说。"

他这才收起笑容，开始发表感想："我觉得不能说差，主题倒还挺好的。"

"虽然不差，但也不好，是这个意思吧？"

"如果直说的话，是这个意思。就目前来看，感觉不到对读者有任何吸引力。或者可以这样说，食材是好的，但烹饪方法错了。"

"具体来说是哪里不行呢？"

"还是人物没有魅力啊。至于为什么没有魅力，大概是因为故事太紧凑了。"

"也就是说显得小家子气？"

"算是吧。"他继续道，"作为普通人写的小说已经很不错了，文字还可以，起承转合也有。但是以专业作品的水准来看，还是欠缺魅力。光好是不行的，因为无法成为商品。"

虽然已经有一定程度的心理准备了，但我听到这样的评价，还是很失落。如果直接指出缺点是什么，那么我直接改正就好了，而现在说"还不错但是没有魅力"，我不知道还能怎么努力，因为换一种说法，这就等于我"根本没有天赋"。

"那我保留这个主题，变换一下写法吧？"我仍不肯死心，试着跟他探讨今后的方向。

日高摇了摇头："局限于同一个主题可不太好啊。先把烟花师的故事放一边吧，如果不这样，可能你就会重蹈覆辙。我劝你再写一个完全不同的故事。"

他的建议听起来很有道理。我问他，我下次写出别的故事后，他是否还可以帮我看看。

"当然了，我很乐意。"他答道。

在那之后，我就马上投入到下一部作品的创作中了。但是，运笔没有预想中顺畅。第一次创作时，我处于忘我的状态，但是到了第二次我就开始纠结细节了，只是一个表达方式就会让我伏案苦思一个小时。至于原因，大概在于我开始在意读者了。在写第一部作品时，我并没有抱着给任何人看的目的，这次的创作却要面对日高这个读者。这在某种程度上让我胆怯起来，也让我重新认识到在意读者是多大的挑战。这可能就是业余写作者和职业作家的差别所在吧。

第二部作品就在这样的背景下艰难推进着，其间我偶尔会去日高家。我们是儿时的伙伴，曾经一起玩耍，友情很快复苏了。我对仍在创作的作家抱有浓厚的兴趣，而于日高来说，这或许也未尝不是一个接触圈外人的机会。他曾经不经意地透露过，自从当上作家后，自己就渐渐地与世隔绝了。

然而我也必须坦白，我心里还打着另一个算盘——去日高家就能见到日高初美了，这让我欢喜不已。我每次去时，她都笑容满面地欢迎我。她是我理想中的女子，比起盛装打扮，她穿便服时更加美丽动人。当然了，我其实没有见过她盛装打扮是什么样子，或许会变成魅惑力让人叹为观止的大美女，那样的她会和日高很般配。不过不管怎么样，对我来说她是一个有生活气息的美人。

有一次我没打招呼就登门，托词是正好来了附近，但其实是突然想看看她的笑容。那时日高碰巧不在家，我只能打个招呼就走，毕竟我是装作来见日高的。

但幸运的是，初美挽留了我：刚好烤了蛋糕，想请我尝尝。我在言语上推辞着，内心根本不想错过这做梦一般的机会，于是厚着脸皮进门了。

那之后的两个小时是我最幸福的时光。我情绪高涨，话也变得多了起来。初美像少女一样轻快地笑着，完全没有不耐烦，这令我狂喜。那时的我可能脸都是通红的：至今我仍然记得离开他们家后，清冷的空气贴在脸上的那种惬意。

自那次以后，我借着讨论创作的名义频繁地去日高家，只是为了看看初美动人的笑容。日高似乎对此毫无察觉。实际上，他想见我也是有他自己的打算，这一点我是过了些日子才知道的。

终于，我的第二部作品完成了。我想尽快请日高读一读，听听他的看法，但遗憾的是，这回也没有得到正面的反馈。

"感觉就是千篇一律的爱情小说。"这就是日高的感想，"少年对比自己大的女人一见钟情这种故事随处可见，还是缺点什么啊。另外，这个关键的女人也塑造得不好，没有真实感，显然不过是你空想出来的。"

这就是所谓的"酷评"吧。我备受打击。尤其让我沮丧的是后边的评价，因为日高口中"没有真实感"的女主人公的原型正是初美。

我不具备成为职业作家的实力吧？我这样问日高。

他稍微想了想，然后说道："你有份正经工作，其实没有必要焦虑。我觉得你不如把写作当成一个兴趣，如果什么时候能出书那自然更好。"

这番话对我没有起到安慰作用，我本来还觉得第二部作品值得引以为傲来着。我究竟在哪里有欠缺？我烦恼不已。"请打起精神来。"初美温柔地鼓励我，但这种时候连她说的话也不是特效药了。

打击令我睡眠不足。这样的日子持续一段时间后，我的身体垮了。我患上感冒，一病不起，这种时候便深刻地感受到单身的辛酸。我在冰冷的被子里缩成一团，觉得自己越发悲惨了。

但是就在这时，令人难以置信的幸运降临了，这件事我也已经和加贺说过了。没错，初美来我家探病了。透过门镜确认来的人是她时，我以为发烧让我出现幻觉了。

"听我先生说，您得了感冒和学校请假了。"她说。

前一天日高打来电话时，我确实说过自己正卧病在床。

她没有留意到我的感激和惊讶，在厨房为我做起饭来。她甚至还为此买好了食材，我的脑袋嗡地轰响了一下。自然，那并不是因为感冒发热。

初美做的蔬菜汤是无与伦比的。不对，事实上那时我是尝不出味道来的。她为我而来，还给我做了饭，这份关心让我感到无上的幸福。

我向学校请了一周的假。我的身体一向不怎么结实，一旦生病就很难好起来，我曾为之烦恼不已，但这次我真的必须感谢这种体质。无论如何，它让我有机会见了初美三次。她第三次来时，我问她是不是日高让她来的。

"不是这样的。"她回答。

"那为什么……"

"因为……"她没有继续解释，而是说道，"野野口先生，这件事可以对我先生保密吗？"

"我倒是无所谓。"

我是很想听听她的想法，但也没有再追问。

感冒痊愈后，我想谢谢她，于是干脆邀请她一起吃饭。如果送礼物，有可能会被日高发现。

初美显得有些犹豫，但还是答应了："正好我先生要为了取材外出旅行几天，可以选在那个时候吗？"我对此没有异议。

我们在六本木的怀石料理餐厅用餐。晚上，她来了我家。

我之前对加贺说，我和初美"只是一时头脑发热而已"，现在我想更正一下。我们从内心深处爱着彼此，至少我对她不是玩玩而已。我对她的感觉同初次见面时一样：她是我命中注定的人。而我们之间真正的爱或许正是始于这一晚。

意乱情迷之后，我从初美口中听到了令人震惊的事情，是和日高有关的。

"野野口先生，我先生恐怕居心不良。"她悲伤地说道。

"这是什么意思？"

"他在阻碍你出道，想让你放弃当作家。"

"是因为我写的小说太无趣吗？"

"不，并不是这样的。我想恰恰相反，是因为你的作品比他的好，所以他产生了嫉妒之心。"

"怎么会……"

"我一开始也没有这样想,不对,是不想这样去想。但不这样就解释不了他那些奇怪的言行。"

"怎么回事?"

"是他收到你第一部作品时的事。他并没打算认真读,甚至说读普通人写的蹩脚小说会扰乱自己的创作,还说扫几眼糊弄你一下算了。"

"欸,是这么回事吗?"这跟日高本人的说辞大相径庭,我催促初美继续。

"但是当他开始读后,就沉浸在作品之中了。我是知道的。他是一个容易感到厌倦的人,只要觉得有点没意思了,就会马上放弃。而他那么入迷,只能说是因为被你的作品深深吸引了。"

"但他说那部作品够不上专业水准。"

"他是故意那样说的。那之前你每次打来电话,他都撒谎说还没有读。或许他是在思考该怎么应对,最后的决定就是贬损你的作品,让你彻底死心,放弃作家之路。他明明对你的作品那么有热情,却说作品无趣,我觉得太奇怪了。"

"对我的作品有热情难道不是因为我们俩是一起长大的吗?"我无法相信她说的话,于是这样问道。

但是她断然否定了:"我先生不是这种人。除了他自己以外,他对任何事都不感兴趣。"

她的笃定让我困惑不已,我没有想到她是这样看待和她热恋后一起走进婚姻殿堂的丈夫的。但稍作思考，我猜可能正是因为对丈夫的幻想破灭了，她才选择了我。这么一想，我的心情变得有些复杂起来。

初美又告诉我，最近日高陷入了瓶颈，非常焦虑。他完全不知道该写些什么，越来越没有自信了。正因为这样，当他看到作为普通人的我源源不断地写出新的作品，才会如此嫉妒。

"总之，我觉得你还是不要再和他讨论作品为好。你应该去寻找一个真正愿意帮助你的人。"

"可是如果日高不想让我出道，直接叫我放弃作家之路不就好了吗？他好歹还读了我的第二部小说……"

"野野口先生，你并不了解我先生。他不直说，只是想防止你去找别人。他让你抱有期待，把你拴在他身边，其实根本就不打算把你介绍给出版社！"初美言辞激烈地说道，这很不像她。

我很难相信日高心中藏着那么深的恶意，但也不觉得初美在胡说。

暂且先看看情况再说吧，我表示。初美对我的态度有些不满。

但是从那之后，我去日高家的次数确实减少了。并非是因为我无法再相信日高了，害怕在他面前和初美打照面才是真正的原因。我不相信自己可以装得好像什么事情都没有发生过一样，日高的洞察力敏锐，如果我看初美的眼神有了变化，他一定会注意到。

但我终究还是忍受不了好几天见不到初美。在外边见面很危险，我们私底下商量后，决定让她来我家。加贺应该知道，我住的公寓很冷清，出入我家的人不太容易被邻居看到。假如真被看到了也不用担心，因为没有人认识她，不会惹来流言蜚语。

初美会算好时间，趁日高不在家时来我这里。她不过夜，但经常会做好晚饭，我们两个人一起吃。这种时候她会穿上她喜欢的那条围裙。没错，就是加贺他们发现的那条。看她穿着那条围裙站在厨房里，我感觉自己好像真的拥有了一个新婚之家似的。

然而在一起的时候越幸福，分开的时候就越痛苦。每次到了她必须要回家的时候，我们两个人就都默不作声，充满怨念地盯着挂钟的指针。

哪怕只有两三天，如果可以两人独处就好了，这样的话常常挂在嘴边。明知道不可能，但我们仍没有放弃这充满魅力的梦想。

后来，能使梦想成真的机会终于来了：日高因为工作的缘故要去美国一周。只有他和编辑两个人去，初美留在家里。

这样的机会可能不会再有第二次了。我和初美欢欣雀跃地商量要怎样度过在一起的时间，结论就是去冲绳旅行。我们去旅行社报名，连费用都交了。对我们来说，以夫妻的身份一起行动简直像梦一样，哪怕只有短短几天。

但事实证明这已经是幸福的巅峰了。如你们所知，冲绳之行未能实现，因为日高不去美国了。好像本来是什么杂志策划的，结果临行前突然被叫停了，细节我就不清楚了。日高似乎相当沮丧，但与我们的失望相比，那根本不值一提。

憧憬的日子被夺走后，想和初美在一起的心情比以前更强烈了。就算我们刚刚才见过面，分别后又会马上思念对方。

但是从某个时候开始，她来我家的次数骤然减少。一听到理由，我就瘫软了。初美说，日高可能发现我们两个人之间的关系了。她还说了我最害怕听到的一句话：我们还是分手吧。

"他知道我们俩的关系后肯定会报复，我不想给你添麻烦。"

"我没关系的，只是……"

只是我不想让她痛苦。考虑到日高的性格，我不觉得他会很爽快地在离婚协议书上盖章。即便如此，我还是不敢想象和她分手。

那之后我烦恼了多久呢？我把教师的工作放到一边，思考解决办法。最终我下定了决心。

你们已经知道了吧。不对，既然加贺已经推理出来了，也就没有必要再确认了。我决心杀掉日高。

我写得这么干脆，会给人一种奇异的感觉吧。但是事实上我没怎么犹豫就得出了这个结论。坦白说，在事态发展到这一步以前，我就已经开始祈祷日高死掉了。我不能原谅日高把初美据为己有。人类还真是以自我为中心啊。明明是我横刀夺爱，我却还有这样的想法。总之，亲手杀掉日高的想法，此前也不是没有。

当然了，初美强烈反对我的提议。她流着泪说，不能让我犯下那么大的罪。但是她的眼泪让我更加失去了理智。我越发坚信，除了杀掉日高别无他法。

"你什么都不用想，一切都是我的个人行为。万一失败，被警察抓住了，我绝对不会给你添任何麻烦。"我对她说。即便说我失去了冷静的判断力，我也无法反驳。

不知初美是感受到了我的坚定，还是认为我们只有这样才能在一起，最终她也下定了决心，甚至说会协助我。我不想把她置于这么危险的境地，但她说不能让我一个人成为罪犯，态度十分强硬。

于是我们开始构想杀掉日高的计划。说是计划，其实也没有那么复杂。我们想让一切看起来都是强盗所为。

接着，我们迎来了十二月十三日这一天。

夜深时分，我潜入了日高家的庭院。至于我当时穿的衣服，加贺已经知道了吧。没错，就是黑色裤子搭配黑色收腰短夹克。我真该戴上面罩，那样后续发展肯定就完全不一样了，但当时我没有想到还得把脸蒙上。

日高工作间的灯熄灭了。我小心翼翼地推了一下窗户，发现没有上锁，于是轻而易举地就把它打开了。我屏住呼吸，进入了房间。

只见日高闭着眼睛仰卧在房间一角的沙发上熟睡，发出均匀的呼吸声。

此前我已经和初美确认过，第二天是日高某项工作的截止日，他一整晚都会待在工作间，因此我才选在这一天晚上下手。

我有必要解释一下为什么他有工作在身却还睡着了：初美在他晚上吃的食物中放入了安眠药。日高有时会服用这种安眠药，所以就算解剖发现安眠药的成分，也不会让人起疑。看到日高的状态，我确信一切都在按计划进行。他一定是本来打算工作的，但抵挡不住睡意袭来，就在沙发上躺下了。而初美确认完后，关掉了房间的灯，替我打开了窗户的锁。

接下来只需要我付诸行动了。我颤抖着从上衣口袋里取出凶器。对，就是那把刀。

说心里话，我是想选择勒死他的。光是想象一下用刀刺人，我就感到害怕。但要想伪装成强盗作案，还是用刀比较好——难以想象打算入室抢劫的人连正经的武器都不准备。

刺哪里最有效，我并不知道。总之就刺胸部吧。我摘下一直戴着的手套，只为了能更好地握住刀柄。指纹事后再擦也来得及，我想。于是，我双手握刀挥到了头顶。

就在这时，令人难以置信的事情发生了。

日高睁开了眼睛。

我的身体和心都好像冻住了一般，握着刀的双手僵在脑袋之上，也无法发出一丝声音。

和呆若木鸡的我不同，日高反应很快。回过神来的时候，我已经被他按住了，刀也不在手中了。我不由得想起，他的运动能力一向就比我强得多。

"你想怎样？为什么要杀我？"日高问道。

我无法回答。

于是他开始大声喊初美。很快，脸色苍白的初美就进来了。她听到日高的声音后，一定马上就意识到发生了什么。

"快报警，这是杀人未遂。"日高说道。

但是初美一动不动。

"怎么了？快点打电话，别磨蹭了！"

"老公……这可是野野口先生啊。"

"我知道，但这不是放过他的理由，这个人想杀我。"

"老公，其实……"

初美似乎想坦白自己是共犯，但是日高打断了她："别废话了。"

这句话让我明白了事态。日高已经察觉到我们的计划了，装睡是为了等着抓我个现行。

"喂，野野口，"他按着我的头说道，"你知道跟偷窃及正当防卫相关的法规吗？即便是误杀了以犯罪为目的侵入的人，杀人者也不会被追究罪责。你不觉得现在正是这种情况吗？如果我在这里把你杀了，也不会有任何人怪我。"

日高的口吻冷酷无情,我的身体止不住地颤抖。我虽不认为他会真的杀了我,却也害怕他会做出什么其他举动。

"但是算了,这次饶了你,因为杀了你对我也没好处。那么,这样一来,你就只能被警察带走了……"他说到这里瞥了初美一眼,微微一笑后又用犀利的目光看向我,"就算这样做,对我也没什么好处啊。不管你是出于什么理由想杀掉我,即便把你送入监狱,我的人生也不会发生变化。"

我完全不知道他想说什么,这已经让我很不安了。

终于,他的手不再用力,放开了我。接着,他用一旁的毛巾包住掉落在地上的刀,将它拾起。

"高兴吧,今天我放过你了。赶紧从窗户逃出去吧。"

我惊讶地看着日高。他笑嘻嘻地说:"怎么啦?一副见了鬼的表情。劝你趁我没改变主意赶紧滚出去。"

"你到底在想什么?"我问道。我姿态狼狈,声音也颤颤巍巍。

"就算你现在知道了也没用。好了,快滚吧。只不过,"他给我看了看手中的刀,"我要留着这个当作证据。"

这把刀真的能被当成证据吗?我心想。虽然上边确实有我的指纹。

日高似乎看穿了我的想法:"别忘了,证据可不只这个。还有一件能让你无话可说的,到时候我会给你看。"

到底是什么呢?我实在是想不到。我看向初美,她脸色苍白，眼眶泛红。一个人的神情竟可以那么悲伤，在那之前我从未见过——不，自那之后也没有。

完全不清楚日高在打什么主意的情况下，我踏上了回家的路。我不知道多少次想过就此消失，但我没有那样做，因为我还惦记着初美。

这件事后，我每天都过得胆战心惊。我无法想象日高会就此罢休，但也猜不透他会以什么形式报复我，光是想想这一点就让我恐惧不已。

我当然没有再去日高家，也没有再见初美，不过我们通过几次电话。

"他没再说过那天晚上发生的事，就好像彻底忘了一般。"虽然初美这么说，但日高是不可能忘记的。他闭口不提，让我的不安加深了一层。

知晓他报复的真正形式是在几个月后。当时我在一家书店。加贺已经知道了吧？对，日高的新作《不燃之焰》出版了。那是他用我第一次交给他的小说《圆之焰》改写成的长篇。

我是不是在做噩梦？这实在是令人难以置信，不，令人不想相信。

仔细想想，可能再也没有比这更加狠毒的复仇了。至少对于想要成为作家的我来说，这痛苦是撕心裂肺的。可以说这是日高才能想出来的冷酷无情、令人震惊的复仇。

对于作家来说，作品就像自己的分身一样。说得更明白些，它就是作家的孩子。作家爱着自己创作出来的作品，就像世上的父母爱他们的孩子一般。

日高却夺走了我的作品。既然他以自己的名义发表了，《不燃之焰》就会永远地作为日高邦彦的作品留在人们的记忆里，留在文学的记录里。想要阻止，我就只能发声抗议，而日高吃准了我绝不会这么做。

没错，即便遭受了这种对待，我也只能沉默。如果我抱怨，等着我的就是反击。

"要是不想坐牢就乖乖闭嘴。"

一旦揭发日高剽窃，我就有必要做好心理准备，坦白自己曾潜入他家并试图谋杀他。

我曾经数次想向警方自首，并控诉《不燃之焰》对《圆之焰》的抄袭。我甚至将电话听筒都拿了起来，准备好联系地方警察。

然而最终我没能把电话拨出去，一方面自然是我害怕因杀人未遂被逮捕，另一方面，我更害怕初美被当成共犯。日本警察如此优秀，即使我声称自己是单独作案，他们也能证明没有她的配合一切便不可能发生。不，在此之前日高就不可能放过她。不管怎么说，基本不能对她不被问罪抱有期待。虽然我自己每天都已经过得很绝望了，但仍旧不想让初美陷入不幸。看我这样写，加贺和其他警察大概要苦笑着说我装腔作势。的确，自我陶醉或许是主要因素，但如果我不这样想，就无法度过这段痛苦的日子。

初美似乎也想不出该如何安慰我。她会避开日高给我打电话，但透过电话线的交流，除了尴尬的沉默外，就只剩下悲伤阴郁、没有实质性内容的话语。

"没有想到他会做出那么恶劣的事，居然抄袭你的作品……"

"没办法呀，我什么也做不了。"

"我真是对不起你……"

"不是你的错，都怪我太愚蠢了，是我自作自受。"

大概就是这样。虽是和心爱的人对话，我也无法心情愉悦地展望未来，只是愈发沮丧。

讽刺的是，《不燃之焰》大获好评。每当我看到杂志或报纸报道这本书，就感觉抓心挠肝。我很开心看到作品被夸奖，但是下一秒就会回到现实。获得赞誉的不是我的作品，而是日高的作品。

接着，日高不仅仅成了话题人物，还获得了权威的文学奖项。在报纸上看到他得意扬扬的样子时，我内心的不甘有人能明白吗？好几天我都睡不着觉。

闷闷不乐的日子持续着，有一天我家的门铃响了。我透过门镜往外看，感到心脏剧烈地跳动起来：对面站着的是日高邦彦。自从侵入他家后，我还没有像现在这样好好地看过他。一瞬间我打算假装不在家。虽然我恨他夺走了我的作品,我仍旧对他有愧。

逃避无济于事,我打开了门。日高微笑着站在眼前。

"在睡觉?"他问道,可能是因为我穿着睡衣。这一天是星期天。

"没有,起来了。"

"好吧,没打扰到你休息就好。"他边说边往里看,"你方便吗?跟你说点儿事。"

"方便倒是方便,但我家不怎么整洁。"

"没关系,我又不是要拍宣传照。"

走红后拍照的机会多起来了吧?说得这么轻松。

"而且,"他看着我,"你也有话要对我说,不是吗?恐怕还不少吧。"

我沉默不语。

我们在客厅的沙发上面对面坐着。日高环视着屋内,我有些不安,在想是否哪里留有初美的痕迹。初美的围裙倒是已经洗过并放到了衣柜里。

"你一个人住,但房间收拾得很整洁啊。"他终于开口了。

"还好吧。"

"有给你打扫的人吗?"

听他说出这句话后,我不由得看向他。他仍旧一脸冷笑,很明显是在讽刺我和初美。

"你想说的事是什么？"我无法继续忍受这种令人窒息的氛围，于是催促他。

"哎，别这么着急嘛。"他边抽烟，边谈起政客腐败的热门话题。他是在故意让我着急并以此为乐。

就在我的忍耐快到达极限、想要大吼一声时，他仿佛顺带一提似的，用闲聊的口吻说："对了，关于《不燃之焰》……"

我不由自主地挺直背，等着他继续下去。

"或许跟你道个歉比较好，可以说是巧合吧，这本书和你的作品有些相似。叫什么来着，你那作品？《圆之焰》……好像就是这个标题。"

日高一副事不关己的表情，我气愤地睁大眼睛盯着他。巧合？有些相似？如果这都不叫抄袭，那就把这个词从字典里删了吧。我拼命忍着，没有说出这些话来。

他立刻继续说道："当然了，也不能完全归结于巧合，因为我是在写《不燃之焰》的过程中读了你的作品，不可否认我多少受到了一些影响。或许有些内容被植入了我的潜意识，又反映在了我的作品中。作曲家似乎也经常遇到这样的事，本人并非故意，却写出了和已存在的曲子相似的东西。"

我什么都没说，就这样听着。太不可思议了，难道这个人真的以为这样我就会接受吗？

"不过回到我们的情况上，我很高兴你没有怨言。我们俩毕竟不是陌生人,有这么多年建立起来的关系。如果你不冲动行事,能以一个成年人的态度来处理,这会对我们两个人都好。"

总而言之,我觉得日高想说的是:你别暗中耍手段,如果今后绝口不提,我就不会说出你杀人未遂的事。

他接下来却说了一番怪异的话。

"那么,进入正题,"他凑到近前,眼睛向上看着我,"就是这样,各种各样的元素组合起来,《不燃之焰》这部作品便诞生了,而且它受到了很多人的喜欢,还得了文学奖。我觉得如果这种成功是仅此一次的偶然,就太可惜了呢。"

我感觉自己的脸正在失去血色。日高想故伎重施。正如他把《圆之焰》改写成《不燃之焰》发表,他企图再次抄袭我的作品,将其当成自己的新作推出。说起来,我还有一本小说在他那里。

"接下来你是想抄袭那部吗?"我问道。

日高面露不悦:"没想到你会用这个词呢,'抄袭'啊。"

"这里没有别人,无所谓吧。不管你换什么说法,抄袭就是抄袭。"

他十分平静,脸色没有发生丝毫变化:"你好像不知道'抄袭'究竟是什么意思啊,要是有《广辞苑》,你还是查查为好,上边是这么写的:'抄袭——未经允许把别人作品的全部或一部分作为自己的使用'。嘿,你知道我想说的是什么吧。'未经允许使用'才叫抄袭,如果不是这样就不算。"

你用《圆之焰》就没有经过我的允许,我在内心反驳。"你是想说又要用我的作品,让我不要多嘴?"

他听到我的话后耸了耸肩:"你好像有些误解啊。我是在和你做交易,而且给你的条件还绝对不差。"

"我明白你想说的。只要我对抄袭睁一只眼闭一只眼,你就不向警察揭发那天晚上的事。是这个意思吧?"

"你别一副要吵架的态度啊,我都说过不提那晚的事了。我要谈的是更积极的交易。"

这里还有积极消极之分吗?我这么想着,但暂且沉默着听他继续说。

"喂,野野口,你这家伙是有成为作家的天赋,但这和能不能成为作家是两回事,更别说能不能成为畅销作家了,和天赋没关系。想走到那一步,特殊的运气是必不可少的。这就像幻影一样,谁都想抓住,但现实绝不会如人所愿。"

在说这些话时,日高的脸上有几分认真,或许他自己就曾为销量烦恼过。

"《不燃之焰》火了,你一定认为是因为它的内容出彩吧?我当然不否认这一点。但只凭内容是不行的。我再说得极端一些,如果不是我而是你出版了这本书会怎么样?如果作者印的是你野野口修的名字会怎样?你觉得呢?"

"这种事情,不做怎么知道。"

"我敢断言肯定不行，它会被世人无视。你只能体会到那种把小石子扔进大海里的空虚感。"

真是残酷的说法，但我无法反驳。对于出版我也有基本的了解。

"因此你才用自己的名字发表？"我说，"你是想说你那样做是正当的？"

"我是说，对这部作品来说，作者是日高邦彦而非野野口修真是太好了。要不然，它就不会被这么多人阅读。"

"听起来我还得感恩戴德呢。"

"我当然不是那个意思，我只是在叙述事实。要让一部作品被人关注，需要满足多到令人厌烦的条件。"

"你不说我也知道。"

"如果你知道，那我接下来要说的话想必你也会理解：从今以后你就是作家日高邦彦了。"

"你说什么？"

"别一副那么诧异的表情，这没什么大不了的。当然我也还是日高邦彦。这么说吧，你可以把日高邦彦想象成一个卖书所用的商标，而不是人名。"

我终于理解他想说的话了。

"简而言之，你是想让我成为影子写手？"

"这个词里有卑微的意思，我不是很喜欢。"日高点点头继续道,"不过你可以这样认为。"

我狠狠地盯着他:"亏你说得出口。"

"别大惊小怪嘛。我刚才也说过了,对你来说这绝不是一件坏事。"

"再没有比这更坏的事了。"

"你听我说嘛,如果你给我供稿,一旦发行单行本,我就把版税的四分之一支付给你。这买卖不坏吧?"

"四分之一?实际写书的人连一半都拿不到?这条件可真好啊。"

"那我问你,假如以你的名字出版,你觉得会卖出多少?会比以日高邦彦的名义出版时所得版税的四分之一多吗?"

我哑口无言。如果真的以我的名义出版,别说四分之一了,怕是连五分之一、六分之一都达不到。

"总之,"我说道,"我可不想出卖灵魂。"

"这么笃定?"

"当然。"

"嚄!"日高一脸意想不到的表情,"我真没想到你会拒绝。"

日高纠缠不休的口吻让我感到一丝寒意。他的脸色发生了变化,眼神中透出阴险的光。

"我可是想跟你维持好关系的啊,如果你没这个打算就没办法了。我不可能一直是好脸色。"日高说着,从身旁的包里拿出一个正方形包裹,放到了桌子上,"我把它放在这里,等我走了

179

你一个人好好看看。时机合适了我会再联系你,希望到时候你已经改变主意了。"

"这是什么?"

"你看了就知道。"说完,他站起身来。

日高离开后,我打开了包裹,只见里边放着家用录像带。这时我还不知道上面的内容是什么。怀着不祥的预感,我把带子放入了录像机。

加贺已经知道了吧。映入眼帘的是日高家庭院的影像。看到画面下方一角显示的日期,我的心冻住了。毫无疑问,那是我试图谋杀日高的那天。

屏幕上出现一个男人。他浑身穿着黑色的衣服,不想引人注目,脸却被拍得一清二楚。真是拙劣,为什么那个时候没有想到戴面罩呢?

谁都能看出来,侵入者是野野口修。这个蠢男人没有意识到自己的一举一动都被拍了下来,打开面向庭院的窗户,侵入日高的工作间。

录像带里只有这些内容,但证据已经足够充分了。就算我想否认杀人未遂的事,一旦被问起潜入日高家的原因,我也会无言以对。

看完录像后,我心神恍惚。那天夜里日高的话不断回响在我耳边:"别忘了,证据(我准备用来杀人的刀)可不止这个。还有一件能让你无话可说的。"他指的就是这盘带子。

正当我一筹莫展时，电话铃响了。是日高打来的。他简直像在监视我一样，选了一个绝妙的时机。

"看了吗？"他问道，听声音他似乎觉得这件事很有趣。

"看了。"我简短地回答。

"这样。你怎么想？"

"怎么想……"我问起自己最在意的事，"你早就知道的吧？"

"知道什么？"

"知道那天晚上我要……潜入你的房间。所以才设置了摄像机，对吗？"

我仿佛听到电话那头的他笑出声来："我怎么能预测得到你会来杀我？这种事，我做梦也没想到啊。"

"可是……"

"还是，"他打断我，"你和谁说了那天的那个时候要来杀我？如果是那样，隔墙有耳嘛，说不定不知道怎么就传到我耳朵里了。"

我意识到了：日高是想让我亲口说出初美是共犯。不，更准确地来讲，他知道我决不会供出初美，才故意这样耍我。

见我不说话，他继续道："至于设置摄像机的原因嘛，当时经常有人在我的庭院里搞破坏，我是想揪出那家伙。所以我做梦也没有想到会拍下那样的影像。现在摄像机已经撤掉了。"

我怎么可能相信这种话，但也没有反驳。"然后呢？"我说道，

"你让我看这盘录像带,是想对我做什么?"

"你又不是傻子,这都要我亲口告诉你?对了,我忘记说了,你看的那盘是复制品,原件在我手中。"

"你通过这种手段威胁我,强迫我为你代笔,我可写不出像模像样的作品。"说出这句话后我知道糟了,因为这显得我已经屈服于他的胁迫了。事实上,我也根本没有好办法去反抗。

"不,你一定会答应的,我确信。"听起来,日高胜券在握。他一定有种终于冲破阻碍的感觉吧。"我会再联系你的。"说完他挂断了电话。

从那之后的一段时间,我每天都像幽灵一般,完全不知道接下来该怎么办。虽然我也去学校,但讲课时自然是心不在焉。恐怕学生也有怨言,我还被校长叫去训斥过。

偶然的一个机会,我在书店看到某个小说杂志登载了日高的小说,是他获文学奖后的第一部作品。

我浏览着小说内容,双手颤抖不已,一阵眩晕,差点倒在书店。和预想中一样,蓝本就是我放在日高那里请他帮忙看的第二部作品。

一切都开始向让人无能为力的方向发展了。我每天都会想起那个杀人未遂的晚上,反复责备自己的愚蠢。我想过干脆人间蒸发算了,但下不了决心付诸行动。就算躲到很远的地方也不能把户口迁过去,况且这样一来我自然就不能再像之前一样当老师了,那么我该怎么生活下去呢？我身体也不好，不相信自己能胜任体力劳动。再也没有一个时刻像现在一样，让我深感自己根本就没有谋生能力。而且我也放心不下初美，她每天究竟是怀着怎样的心情在日高身边生活的，每次想到我就无比心痛。

日高获奖后的这部首作也很快发行了单行本，似乎卖得很好。每次在畅销排行榜上看到它，我的心里就五味杂陈。哪怕只是一丁点儿，我的不甘中也掺着自豪。不可否认，如果真的以我的名义出版，可能不会卖得这么好——这一点我不是没有冷静分析过。

又过了多久呢？某个星期日，日高又来了。他没有丝毫不好意思，径自走进我家，像上次一样直接坐到了沙发上。

"这是我承诺过的。"他说着将一个信封放到了桌子上。我取过来看了看，里边放着钞票。"这里是两百万。"他说。

"你这是做什么？"

"做什么？书卖得好，我就把你的那份拿过来了。上次说好的，这是版税的四分之一。"

我惊讶地朝信封里看了看，摇起头来："我说过，我不会出卖自己的灵魂。"

"别想得那么严重啊，你就当是我们两个人在合作，如今这种合作也没什么稀奇的，获取报酬是你应有的权利。"

"你做的事，"我看着日高说，"和强奸犯给受害女性付嫖资没什么两样。"

"不一样啊。"

"哪里不一样了?"

"知道自己被强奸时,没有女人会一动不动。但你就毫无动静。"

日高这话很无情,但我无言以对。

"总之,这钱我不能收。"我挤出这么一句话,将信封推了回去。

日高只是看了一眼信封,没有伸手去拿,继而说道:"其实我今天来也是想和你谈谈接下来的事情。"

"接下来的事情?"

"具体来说就是关于下一部作品的事。我接下来准备在月刊杂志上连载,想和你商量一下写什么。"

听这语气,捉刀一事已成定局了。如果我表现出一丁点不情愿,他就该拿出那盘录像带了吧。

我摇了摇头:"你是作家,应该再了解不过了,以我现在的精神状态,怎么能构思出小说情节?你强迫我的事不管在身体上还是精神上都是不可能做到的。"

但是他一步也不肯退让,还说了一番让我完全没有想到的话。"确实,要现在马上编出故事或许是为难你了。但是,拿出已经写好的东西就没那么难了吧?"

"我哪里有什么已经写好的东西。"

"别指望蒙混过关，办同人杂志的时候你不是写过一些吗？"

"啊，那个是……"这完全出乎我的意料，"那种东西早就没有了。"

"你说谎。"

"是真的，我已经处理掉了。"

"怎么可能。所谓写作者就是这样，一定会把自己写的东西保存下来。你要是硬说没有，那我就只能搜查你的家了啊。话是这样说，也没有必要翻箱倒柜，只要找找你的书架啊抽屉啊什么的就足够了。"说着他站起身，朝隔壁房间走去。

我慌了，因为正如他所说，写有练手文章的横线本就放在书架上。

"你等等！"

"你准备老实交出来了？"

"……那种东西，什么用也没有。那可是我上学的时候写的，文字粗糙，故事也经不起推敲，根本称不上是成熟的作品。"

"成熟不成熟我自己会判断，再说了，我要的也不是成品，原石就挺好的，经过我的打磨会变成商品。就连《不燃之焰》也正是经我的手加工后，才变成了留名文学史的作品。"日高自信十足地说道。

窃取了别人的想法还炫耀，我有些理解不了。我让日高在沙发上等一下，自己走进了隔壁的房间。书架顶层放有八本旧的横线本，我从中取出一本。就在这时，日高突然进来了。

"我不是让你等一下吗？"我说。

但他没有回答，而是从我手中一把夺过本子，快速浏览起来。接着他看向书架，将剩下的横线本都抽了出来。

"你想耍小聪明啊。"他轻蔑地笑道，"你取下来的那本里边只有《圆之焰》的底稿吧？你是想把这个交给我蒙混过关吧？"

我低下头，紧咬着嘴唇。

"算了，总之这些本子就先由我保管了。"

"日高，"我抬起头对他说道，"你不为你做的事感到羞愧吗？不借别人上学时写的东西就没辙，你的才华已经枯竭到这种程度了吗？"

这是我这时能做出的最大攻击了。我想对他造成伤害，哪怕只有一丁点。

这句话好像起作用了。他双眼充血瞪着我，一把抓住了我的衣领："你知道什么叫作家吗？竟敢说这种大话！"

"我是不知道，但我知道一点：如果不得不做这种事，那作家也未免太可悲了。"

"可悲？那憧憬成为作家的又是谁？"

"我已经不憧憬了。"

听到我这句话，他松开了手，然后扔下一句"或许这才是正解"，离开了房间。

"等等，你忘东西了。"我把装有两百万日元的信封拿起来，向他递过去。

日高看了看信封，又看了看我，然后耸耸肩收下了信封。

两三个月后，日高开始在某杂志上发表连载了，我读过后发现他抄袭了其中一本横线本里的故事。但这件事并没有让我备受打击，因为这时我已经有一定程度的心理准备了，或者说已经死心了。我不再想当作家了，甚至觉得自己写的故事能被人们读到就很好了，不管是以哪种形式。

初美仍旧会不时联系我。谈到自己丈夫时，她很轻蔑，并不断地向我道歉，还说了这么一番话："野野口先生，如果你想向警察自首，那你不必考虑我，因为我已经做好和你一起接受惩罚的心理准备了。"

初美知道我之所以对日高言听计从是因为不想连累她。听到她这样说，我高兴得快要流出眼泪来。我真切地感到，就算我们没有见到对方，我们的心也是连在一起的。

"你不用想这些，我会做点什么的，我相信一定会有出路的。"

"但我还是觉得对不起你……"她在电话那头哭了起来。

我继续安慰她，但我其实根本不知道接下来该怎么办。虽然我对她说"一定会有出路"，但我也深深地感到了这句话有多么空洞无力。

每次回想起当时，我就追悔莫及，恨自己没有照她的话去做。

我确信如果我们两个人能自首，以后的人生就会完全不一样，至少我不会失去这个世上对我来说最宝贵的事物。

我说的是什么你们应该明白。没错，就是初美的死。噩梦般的那一天，我怕是一辈子都忘不了吧。

我是看报纸时知道这起事故的。初美是畅销作家的妻子，所以报道的篇幅比一般的交通事故更大。虽然不知道警方做了怎样的调查，但是报道里并没有表示这可能不是单纯的事故，后来也没听说这一判断发生了改变。然而我知道这件事时就确信这并非意外。她是自杀的。至于动机，就不用我特意写出来了吧。

仔细想想，她是因我而死的。如果不是我失去理智想要杀掉日高，就不会发生这种事。

你可以管这叫虚无主义，当时的我就是一具行尸走肉，连追随她的脚步自杀的力气都没有，身体状况也恶化了，隔三岔五就向学校请假。

日高在初美死后仍在继续工作。除了抄袭我的小说外，他好像还发表了原创作品。哪类的评价更高，我不太清楚。

收到他寄来的包裹大概是在初美去世半年左右的时候。大型信封里，装着用文字处理机打印的三十页左右的A4纸。一开始我还以为是小说，但是读着读着就发现是了不得的东西。那是一部由初美的日记和日高的旁白组合起来的稿子。在日记部分，初美事无巨细地描写了和N男（我）陷入特殊关系的过程，以及两人合谋杀夫的打算。而在旁白部分，日高淡淡地诉说了没能发现妻子的心已走远的丈夫的悲哀。接着，那起杀人未遂事件发生了。如果说到这里为止还和事实相符，那么接下来很明显是日高的创作：初美为自己的过错忏悔并乞求丈夫的原谅，日高花了很长时间和她沟通，决心一同重新开始。就在一切都开始好转时，初美遭遇了交通事故。这份怪异读物的最后一幕是初美的葬礼。对于读者来说，这或许还是让人感动的一部作品。

我哑然失惊。这是什么东西？到了这天晚上，日高打来电话。

"你读了吗？"他说。

"你想干什么？为什么要写这种东西？"

"我准备下周把它交给编辑，应该会登载在下个月的杂志上吧。"

"你是认真的吗？你要是那样做，后果会很糟糕。"

"或许吧。"日高平静地说道，这让我毛骨悚然。

"如果这种东西真的见刊了，我就把真相说出去。"

"你要说什么？"

"那还用说？当然是你剽窃我作品的事。"

"嚯，"他没有一丝惊慌，"谁会相信这种话？连证据都没有。"

"证据？"我顿时反应过来。横线本被日高抢走了，我没有办法证明他抄袭。我继而意识到，初美死了，就是唯一的证人死了。

"但是吧，"他说道，"这份手记也不是必须马上发表。视情况而定，我也可以先缓缓。"我隐约明白他的言外之意了。不出所料，他继续说道："五十页稿纸。如果有这个体量的小说，我就转而把它交给编辑。"

原来这就是他的目的，创造条件让我不得不做他的影子写手。而我没有反抗手段。就算是为了初美，我也不能让这份手记被公开。

"要什么时候写好？"我问道。

"下周末以前。"

"这是最后一次了吧？"

他没有回答我的问题。"那你写完了联系我。"说完这句话，他挂断了电话。

准确地说，从这一天起，我便成了日高的影子写手。此后，我给他写了十七部短篇小说和三部长篇小说。警方扣押的软盘里存放着的就是这些作品。

加贺可能会觉得不可思议吧，会好奇我为什么不反抗。老实说，和日高的心理战让我筋疲力尽。我开始觉得只要能按他说的给他写小说，至少我和初美犯下的错就不会被公之于众，这样反倒轻松。而且奇怪的是，经过这两三年，我和日高之间已经形成了相当默契的合作关系了。

他之所以把我介绍给做儿童文学的出版社，大概是因为他对写儿童小说不感兴趣吧。不过，也可能是他开始对我有些负罪感了。有一天他说了这样的话：

"写完下一部长篇我就放了你。组合解散。"

我怀疑起自己的耳朵："真的？"

"是真的。但你只能写儿童小说，不准进入我的领域，知道吗？"

不夸张地说，这简直像梦一样，我终于能恢复自由了。

过了不久我才知道，日高的这一变化和他与理惠结婚有关。他们在考虑搬到温哥华居住，以此为契机，日高似乎也想把积攒至今的陈年旧账都了结清楚。

这对新婚夫妇应该对温哥华之行到来的那一天充满了期待吧，而我的这份心情恐怕比他们还强烈。

终于迎来了这一天。

我拿着存有《冰之扉》原稿的软盘去了日高家。这应该是我最后一次直接把软盘交给他了，我打算在他到了加拿大后把稿件用传真发过去，因为我没有支持电脑通信的设备。一旦《冰之扉》的连载结束，我们之间的关系也就终结了。

从我手中接过软盘后，日高兴致勃勃地说起温哥华的新家。我应付着听了一会儿后，开始说起自己的事。

"对了，那些东西约好了今天还我对吧？"

"那些东西？什么来着？"日高的性格就是这样，明明不可能忘记，却偏要顾左右而言他一番才肯罢休。

"本子啊，上次的本子。"

"本子？"他先装模作样地歪起头，然后点了点头，"哦，那些本子吧，我差点儿忘了。"

他打开办公桌的抽屉，从中取出八本旧横线本。无疑，那就是之前被他抢走的我的本子。

我将过了这么多年终于失而复得的本子紧紧抱在胸前。只要有了它们，我就能证明日高剽窃，就可以和他平起平坐了。

"你好像很开心啊。"他说。

"还行吧。"

"但我想了想，这些本子还有其他用途吧？"

"其他用途？当然有了。你发表的几部小说都是以我写的东西为原型的，这就是证据。"

"这样吗？但是反过来解释也能成立呀，也可以认为本子里的内容是看了我的作品后写出来的。"

"你说什么……"我感到后背一阵寒意，"你打算混淆是非？"

"混淆是非？对谁混淆是非啊？不过如果你把它们给第三人看了，我就不得不说些什么了，到时候看看第三人相信谁。嘿，我也不想和你争这个。不过我话说在前头，要是你觉得把这些本子拿回去自己就占上风了，那只是你的错觉。"

"日高，"我瞪着他，"我不会再当影子写手了，给你写小说……"

"就到《冰之扉》为止,是吧?这我知道。"

"那你为什么还要那样说?"

"没什么特别的理由啦,我只是想说我们之间的关系不会发生改变。"

看着一脸冷笑的日高,我确信这个人是不会放过我的,将来必要的时候他还会利用我。

"带子和刀在哪里?"我问道。

"带子和刀?什么啊?"

"别装糊涂了,就是之前的录像带和刀。"

"我好好地保管着呢,在只有我知道的地方。"

日高正说着,敲门声响起。理惠随即走了进来,说藤尾美弥子来了。

藤尾美弥子本来是日高不想见的人,但日高居然说要见一见。我知道这是在给我下逐客令。

我隐藏起内心的愤怒,和理惠告别后走出了日高家的玄关。我在手记中写她把我送到了门外,但正如加贺指出来的那样,事实上她只把我送到了玄关。

离开玄关后,我绕过庭院,往日高工作间的方向走,然后躲在窗下听日高和藤尾美弥子的对话。和预想中一样,日高含糊其辞地应对着。因为藤尾美弥子有意见的那本小说《禁猎地》全都是我写的,日高说不出什么具体的内容来。

最终藤尾美弥子离开了,一副不满的样子。很快理惠也走了,不一会儿日高也出了房间,像是去洗手间了。

千载难逢的机会来了。我下定决心,如果错过这次,就再也逃不出日高的魔掌了。

幸运的是,窗户没有上锁。我潜进房间,躲在门后等待日高回来,手中紧握黄铜镇纸。

我想接下来的事就没有必要多作说明了。他一进房间,我就使劲从后面击打了他的头部,一瞬间他就倒地了。但我不知道他死了没有,保险起见,我用电话线勒住了他的脖子。

后来的情况和加贺推理的一样,我想到了用日高的电脑制造不在场证明。我坦白,这是我以前写儿童推理小说时就想好的诡计。可笑吧,如字面所示,是骗小孩的把戏。

但我还是祈求自己不会被怀疑,也同样希望多年前杀人未遂一事不会暴露。我和理惠说,希望日高拍摄的录像带从加拿大寄返后她能马上通知我,就是出于这个原因。

但加贺还是将我的秘密一一揭露了。坦白讲,我对他敏锐的推理能力憎恨不已。当然了,再怎么恨加贺也无济于事。

开始我也写到过,日高挖空《夜光藻》,将录像带这个证据藏到里边的行为让我很震惊。《夜光藻》是为数不多的日高自己写的小说,主人公差点被妻子和她的情夫杀掉的情节,不用说,正是以那天晚上发生的事为原型创作的。正是注意到我从窗户潜入日高家的影像与这个故事相吻合,加贺才抵达了真相。我不禁感受到了日高的执着。

以上就是我的自述。我无论如何都想隐瞒和初美的关系,所以才不愿说出动机。虽然我给你们带去了很大的麻烦,但是如果可以多少理解一下我的心情,就再好不过了。

如今什么惩罚我都会接受。

过去之章（一）
加贺恭一郎的记录

五月十四日，我去了市立第三中学。一直到今年三月，野野口修都在此任教。正值放学时分，要回家的学生们从校门涌了出来。操场上，一个应该是田径队员的男子正在用耙子平整地面。

我在校园事务室的窗口表明身份，提出想尽可能见一见熟识野野口修的老师。一个女文员和上司商量后，往职员室的方向跑去，帮我找人。等待比预想中还要漫长，正当我感到不耐烦时，我想起学校都是这样。在等了将近二十分钟后，我终于被带到了接待室。

我见到的是小个子的校长江藤和教语文的男老师藤原。连校长也一起来了，是为了看着藤原老师以防他说出不该说的话吧。

我先询问两人是否知道日高邦彦被杀一事。他们都说了解，甚至清楚野野口修是日高的影子写手，由此引发的一系列争执是他杀人的动机。可以说，他们还想从我这里获取更多细节。

我问他们在野野口修捉刀期间有没有注意到什么。藤原老师有些顾虑地说了下面一番话：

"我知道他那个时候在写小说，也读过登载了他作品的儿童杂志，但做梦也没有想到他是影子写手，而且还是人气作家的影子写手。"

"您见过野野口修写小说吗？"

"那倒没有。他在学校有教学任务，可能是在回到家后或放假的时候创作的吧。"

"这么说，他的教学任务不怎么重吧？"

"并不是这样的。他的教学工作应该算不上轻松，只是回家早而已，尤其是从去年秋天以后，他总是会巧妙地躲开和学校活动相关的杂事。虽然不知道具体是什么病，但他的身体出了名地不好，所以大家都睁一只眼闭一只眼。没想到他竟然是挤时间去给日高邦彦写小说了，真是让人震惊啊。"

"他从去年秋天开始早回家这件事，有具体的记录可以证明吗？"

"怎么说呢，我们没有出勤时间卡那种东西，但是确实是从去年秋天开始的，因为我们语文老师每两周开一次会，他从那时候就不参加了。"

"之前他不是这样的，对吧？"

"虽然他不怎么热衷于工作，但在那之前还是会参加的。"

接着，我问起野野口修的人品。

"他不怎么说话，让人不知道他在想什么，还总是茫然地望着窗外呢。不过现在想想，他也不好过啊。我觉得他本性不坏，也有些能理解他了，毕竟遭受了那样的对待，所以一下就失去理智了。我也喜欢日高邦彦的小说，还读过好几本，不过一想到那些都是野野口写的，感触也不一样了。"

我向他们道过谢后，离开了学校。返程的路上有一家大型文具店，我走进去，给收银处的女店员看野野口修的照片，问她这个人最近一年是否来过店里。她回答说有点印象，但具体想不起来。

五月十五日，我去见了日高理惠。她在大概一周前搬到了横滨的公寓居住。我联系她时，她的声音听上去十分忧郁。这是自然，毕竟她是不想触景生情才搬的家，而之所以答应见我，大概是因为我是警察而非媒体人士。

我们约在公寓附近一家购物中心的咖啡店见面。她说不想引起媒体的注意，所以不能让我去家里。

咖啡店在正在举行甩卖的精品店隔壁，从店外看不到店内的顾客，而且嘈杂程度刚刚好，适合进行一些不想让别人听到的谈话。在咖啡店最里面的一张桌子边，我们相对而坐。

我先问她近来的生活有没有什么变化。

日高理惠微微苦笑道："每天仍旧过得不怎么开心，真希望一切能早点平静下来。"

"毕竟是刑事案件,平静下来难免需要一定时间。"

我的话似乎没有起到安慰作用。她摇摇头,烦躁地继续说道:"这是刑事案件,受害者是我们,世人对于这一点究竟有多少认识?他们简直把这件事看成了艺人的绯闻,而且说得仿佛坏人是我们似的。"

这一点我无法否认。电视台的 wide show 也好,周刊杂志也好,确实都更关注日高邦彦抄袭朋友作品的行为,而不是他被杀一事。况且,其中还涉及前妻的出轨,这对于平常与文坛无缘的娱乐记者来说,自然是喜闻乐见。

"您还是无视媒体为好。"

"我当然在试着无视,不然我会发疯的,但是让我烦恼的不只是媒体。"

"发生什么事了吗?"

"没错,什么都发生了。骚扰电话和信件都找上门了,而且不知道他们是怎么查到我娘家的号码和地址的。许多人应该都是通过媒体知道了我已经不在之前的家住了吧。"

这不是没可能。

"您告诉警察了吗?"

"告诉是告诉了,但是这种事也不会因为告诉警察就得到解决,不是吗?"

确实如她所言，但我不能这样说。

"电话和信件的内容大多是什么？"

"也是什么都有。让我们返还至今收到的版税的，在信里痛斥我先生背叛了自己，把他的作品放在箱子里和信一起寄过来的。除此以外，还有许多信要求我们把得的文学奖退回去。"

"原来如此。"

我推测，这些人实际上都不是日高邦彦的粉丝，也不太可能是真正的文学爱好者。不如说，他们大多此前甚至都没听说过日高邦彦的名字。这种人只不过是喜欢把自己的快乐建立在别人的不幸之上，总是处处寻找这样的机会。至于对象是谁，他们根本无所谓。

我将这种想法说了出来，日高理惠也点头同意："讽刺的是，我先生的书反而卖得更好了，这可能就是出于人们的偷窥欲吧。"

"什么人都有。"

我也知道日高邦彦的书卖得好，但是现在市面上的都是之前的库存，出版方似乎无意加印。我想起那个否认捉刀说法的编辑，他们大概也打算先观望一段时间。

"哦对了，野野口先生的亲戚也联系我了。"

她说得满不在乎，但这个消息让我很惊讶。"野野口的亲戚？说了些什么？"

"要求我们返还至今从作品上得到的利益。他们说，对于那些以野野口的作品为底本写的书，他们至少拥有收取改编费用的权利。一个自称野野口舅舅的人是他们的代表。"

舅舅都出面了，想必是因为野野口修没有兄弟姐妹，父母也过世了吧。即便如此，返还所得这个要求还是让人很惊讶。有人真的是什么都考虑到了。

"您是怎么回答的？"

"我说要和律师商量后再答复。"

"那就好。"

"说实话我觉得很荒谬，明明我们是受害者，却还要被凶手的亲戚索要钱财，简直是闻所未闻。"

"这案子比较特殊，我也不熟悉相关法律，所以不敢断言，但我想这笔钱恐怕是不需要支付的。"

"嗯，我也是这样想的。但是啊，问题不在于钱。世人似乎都认为我先生被杀是罪有应得，这让我很不甘心，就连野野口先生的舅舅也没有半点歉意……"

日高理惠紧咬嘴唇，让我看到了她要强的一面。见她愤怒胜过悲伤，我放下心来。如果她在这种地方哭出来可就糟了。

"之前也和加贺先生您说过，我还是不相信我先生抄袭了别人的作品。毕竟，他可是那种谈起新作品就会像孩子一样两眼放光的人啊，会为创作感到由衷的快乐。"日高理惠据理力争。

我点点头，十分理解她的心情，但无法张口。她好像听到了我的心声，没有再继续表达看法，而是问我找她有什么事。

我从上衣内袋里取出文件，放到了桌子上。"想请您先看看这个。"

"这是什么？"

"是野野口修的手记。"

日高理惠听到我说的话，明显展露出了不快："我不想看，肯定是在长篇大论地控诉我先生对他有多不好，大概的内容我都已经从报纸上知道了。"

"您说的是野野口被逮捕后写的自述书吧？这和那个不一样。野野口在作案后为了混淆视听曾专门写过一份不符合事实的手记，这一点您知道吧？这就是那份手记的复印件。"

她似乎听懂了我的解释，但仍是一脸不悦："是吗？但是就算读了和事实不符的文章也没有任何意义吧？"

"请您别这样说，可以先读读看吗？字数不多，我想很快就能看完。"

"现在，在这里？"

"拜托了。"

她一定觉得我的话很奇怪，但她没有多说什么，而是把手伸向文件。

过了十五分钟左右，她抬起头："我读完了，然后呢？"

"野野口声称，这份手记中不真实的地方首先是他和日高邦彦的对话。据他供述，当时的交流没有那么和谐，而是充满了火药味。"

"似乎是这样。"

"另外，之前也问过您，野野口离开您家时的情况有悖事实，实际上您只把他送到了玄关，而他写的是被您送到了大门外。"

"没错。"

"那么其他地方呢？您的记忆和这份手记的内容有明显不一致的地方吗？"

"其他地方？"日高理惠露出困惑的表情，看向手记复印件，不自信地摇了摇头，"没有了。"

"那么这里没有写到的野野口当天的言行，您还记得吗？多么微不足道都没关系，比如他中途上了厕所之类的。"

"我记不太清了，但我想那天野野口先生应该没有去过厕所。"

"那么他给什么人打过电话吗？"

"这个啊……如果是从我先生房间打出去的，那我就不知道了。"

日高理惠好像不太记得那天发生的事情了。这也难怪，野野口到访时，她还不知道那天将成为对她来说极其特殊的一天。

就在我准备放弃的时候，她突然抬起头来："哦，有这么一件事。"

"什么事？"

"不过或许完全无关。"

"无妨。"

"那天野野口先生离开时，留下了一瓶香槟，说是当作礼物。手记里没写这件事呢。"

"香槟？确定是那天吗？"

"我确定。"

"具体来说，他是怎么给您的？"

"藤尾美弥子女士来了后，野野口先生就从我先生的工作间出来了。就是在那个时候，他说和日高聊得太投入了，忘了还买了香槟，就把纸袋里的瓶子给了我。他说我们晚上在酒店就可以喝，于是我就收下了。"

"那瓶香槟现在在哪里？"

"放在我那晚住的酒店的冰箱里。事发后，酒店曾给我打过电话，我记得请他们帮忙处理了。"

"您没喝吧？"

"嗯，我本来想等我先生结束工作来了酒店后两个人一起慢慢喝的，所以把它冷藏了起来。"

"在那之前野野口也会把酒当作礼物带去您家吗？不只限于香槟。"

"可能很久之前有过，但据我所知那是第一次，可能因为野野口先生本身不喝酒。"

"这样啊。"

野野口修在自述书中曾写道,他第一次去日高家时带了苏格兰威士忌,那时候的事日高理惠自然不可能知道。

我问她对手记里没提到的其他细节是否有印象。日高理惠十分认真地思考着,说想不出来了。接着,她反问我为什么事到如今要问这种问题。

"结案需要各种烦琐的手续,确认工作也是其中的一项。"

对于我的解释,受害者妻子好像没有什么怀疑。

和日高理惠分别后,我给案发当天日高夫妇预定入住的酒店打电话,询问那瓶香槟的情况。虽然费了一点时间,但我还是得以和记得当晚情况的人说上了话。

"我记得是唐培里侬粉红香槟,就那么放在冰箱里。因为是昂贵的酒,而且还没开封,所以保险起见我联系了客人。客人说让我自行处理,我就照做了。"一名男员工礼貌地说道。

我问那瓶香槟后来怎样了,他沉默了一下,然后坦言自己将酒带回了家。我继续问他是不是喝了。大约在两周前喝了,他说,瓶子也扔掉了。

"有什么问题吗?"他似乎有些担心。

"没有,算不上是什么问题。顺带问一句,那香槟好喝吗?"

"嗯,这个没的说。"

听到他愉悦的声音后,我挂断了电话。

回到家后，我看了野野口修潜入日高家时的录像带。这是我拜托鉴定科特意复制的。

翻来覆去地看了后仍旧没有收获，眼中烙印的只有无聊的画面。

五月十六日，刚过下午一点，我去了横田不动产株式会社的池袋营业所。这家营业所不大，正面是窗户，透过玻璃可以看到柜台后方只有两张不锈钢桌子。

我进去的时候，藤尾美弥子正在独自处理工作，其他工作人员好像都外出了。因此我打算不带她出去，而是隔着柜台询问她。在别人看来，这或许就像是一个可疑的男人在打听便宜房子。

我没有寒暄，直接切入正题："您了解野野口自述书里的内容吗？"

一脸紧张的藤尾美弥子点了点头："大致内容在报纸上读到过。"

"您是怎么想的？"

"怎么想的……总之就是吓了一跳，没想到就连《禁猎地》也是他写的。"

"根据野野口的自述，正因为日高邦彦不是那部作品真正的作者，所以他在和您交涉时态度暧昧。关于这一点，您是怎么看的？这跟您的印象吻合吗？"

"说实在的,我不太确定。虽然印象中和日高先生谈话时,他总是含糊其辞。"

"您和日高交流时,他有没有说过什么不像《禁猎地》的作者会说的话?"

"我想没有,但是也不敢肯定,毕竟我根本就没有想象过日高先生不是真正的作者。"

她的解释完全说得通。

"请您试想一下,如果《禁猎地》真正的作者是野野口修的话,有没有可以说得通的地方,或者反而说不通的地方?"

"这一点我也没有信心回答。这个野野口和日高先生都是我哥哥的同学,所以也有可能写出那本书。如果别人告诉我作者是野野口修这么个人,我也没什么好反驳的,因为我本来对日高先生也没有太多了解。"

"或许就像您说的吧。"

就在我觉得无法指望藤尾美弥子提供更多线索的时候,她又继续说道:"不过,如果作者不是日高先生,那我可能有必要重新读一遍。在此之前我一直认为书中的一个角色是日高先生以自己为原型创作的,如果不是他写的,那么那个角色的原型也就不是他了。"

"这是什么意思呢?您可以详细解释一下吗?"

"您读过《禁猎地》了吗?"

"我没有读过，但是浏览过同事写的梗概，知道大体内容。"

"小说提到了主人公的中学时代。主人公用暴力让别人屈服，看谁不顺眼就会狠狠地揍谁，这也就是我们现在所说的'校园霸凌'。而最大的受害者是同班一个姓滨冈的男孩子，我觉得他就是日高先生。"

梗概提到了校园霸凌，但是没有把人名写出来。

"您为什么觉得他就是日高呢？"

"因为小说从头到尾都是以滨冈的回忆视角写成的，而且从内容上看，比起小说，说是记录更恰当。所以我相信这个少年就是日高先生本人。"

"原来如此，您这样一说我就明白了。"

"另外我觉得……"一瞬间，藤尾美弥子流露出犹豫，又继续说道，"正因为日高先生有过少年滨冈的遭遇，才会想到要写那样的小说吧。"

我不由得看向她："这是什么意思呢？"

"少年滨冈十分憎恨主要施暴者，即作品的主人公。这种憎恨贯穿了整部小说。虽然没有明说，但是很明显滨冈之所以调查那个曾经让他痛苦的男人的死因，就是出于憎恨。少年滨冈就是作者本人。在我看来，日高先生写那部小说就是想向我哥哥复仇。"

我凝视着藤尾美弥子。为了复仇而写小说的可能从来就没有在我的脑海中浮现过。不如说，我们整个侦查团队都没有怎么关注过《禁猎地》这本书。"但是根据野野口的自述书,这样是说不通的。"

"是啊。但是就像我刚才说的,如果作者就是人物原型,那么不管是日高先生写的还是一个叫野野口的人写的,结果都没有什么不同吧。只是我一直以为原型是日高先生,突然被告知是别人,总觉得哪里怪怪的。您瞧,小说被改编成电视剧时,人物形象和演员个性如果不一致,会让人不满吧?就是那种感觉。"

"日高邦彦和《禁猎地》中滨冈这一人物的个性一致吗?说出您的主观看法也没关系。"

"我是觉得一致,但也可能是因为先入为主。毕竟刚才也说了,实际上我对日高先生基本没什么了解。"

藤尾美弥子很谨慎,避免使用过于肯定的表达方式。

最后我问她,《禁猎地》纠纷的当事人从日高邦彦换成了野野口修,她今后打算怎么办。

"总之,我会先等这个野野口的判决结果出来。一切都要等那之后了。"她冷静地说道。

见我直到现在都还对日高邦彦被杀案念念不忘、来回调查,上司有些不快。凶手已经坦白了,而且还亲手写了自述书,他自然会觉得没有必要折腾了。

"有什么问题吗?现在一切都说得通,不是吗?"上司有些烦躁地说道。我也没有证据可以推翻此前的侦查得出的结论，毕竟大部分被重视的证据都是我取得的。

连我也觉得没有必要再继续调查下去了。一来野野口修伪造的不在场证明已经被识破，二来我们也成功查明了他和日高之间确实发生过争执。说实话，我甚至开始为自己的工作成果感到骄傲了。

我内心产生疑问是在野野口修的病房给他做笔录的时候。当我在不经意间看到他的手指时，一个想法突然萌生了。只是当时的我选择了无视，因为那个想象过于奇怪和不现实。

但是这种无视没有持续很长时间，那个不可思议的想象在我的脑海中挥之不去。我开始感到不安：是否从最初逮捕他的时候开始，我就走上了一条错误的道路呢？这种不安已经愈发明确了。

之所以这么想，或许是因为我无论作为警察还是作为一个人都不够成熟，难免产生错觉。但是我不想不理会自己的感觉就给案子画上休止符。

我决定再看一遍野野口修的自述书，之前没注意到的疑点随之显现了出来。让我无法释怀的有以下几点：

第一，虽说日高邦彦以杀人未遂一事的证据为筹码，迫使野野口修为他捉刀，假如野野口修决心抛弃一切向警察自首，恐怕也会给日高带去重大打击。如果处理不当，日高或许会断送自己的作家生涯。对此，日高难道不感到害怕吗？然而，结果却是野野口修以不想连累日高初美为由没去自首，可日高应该无法事先确定野野口修会这样做。

第二，为何日高初美死后，野野口修仍旧没有反抗呢？假若他真如手记所述，因和日高进行心理战而筋疲力尽，难道不更应该下定决心抛弃一切去自首吗？

第三，说到底，录像带和刀真的可以成为杀人未遂的证据吗？录像带上只有野野口修闯入日高家的画面，刀上也没有血迹；再者，现场除了凶手和被害人之外就只有共犯日高初美一人了，如果初美提供证言，野野口修被认定无罪的可能性也不会低。

第四，野野口修在描述和日高的关系时写道，他们"已经形成了相当默契的合作关系"。考虑到二人之前的纠葛，这真的可能吗？

就以上四点，我询问了野野口修。面对所有这些问题，他给出的答案只有一个：

"你可能觉得奇怪，但真实情况就是这样的，我也没有办法。事到如今你再问我为什么会这样做、为什么没有那样做，我也只能回答不知道，毕竟那段时间我的精神状态不正常。"

他这样回答，我也无可奈何。如果是物理上的疑点还可能提出反证，但这四个问题都是心理层面的。

但最让我感觉不对劲的在于这四点以外，用一个词来表述就是"个性"。我比上司和其他侦查人员都更了解野野口修其人，而我对他的个性的认识无论如何都不符合自述书的内容。

我越来越执着于那个突然萌生的奇怪假说了。如果假说正确，一切疑惑就都能消解了。

我自然是带着明确的目的去见日高理惠的。假设我的推理（现阶段应该基本上只能算作空想）正确，野野口修那份记录了案件面貌的手记就又有一层特殊的含义了。

但我没能从她口中问出决定性的东西。唯一的收获就是那瓶香槟，不过最终它是否可以证明我的推理，就目前来看还不明朗。野野口修没在手记中写下带香槟登门一事，是单纯的遗漏还是出于别的原因呢？一般不拿酒当礼物的野野口修单在那一天这么做了，这应该暗含了某种意义——是什么呢？

遗憾的是，目前我连一点头绪都没有，但香槟一事还是有必要记着。

我认为还是重新审视一下野野口修和日高邦彦之间的关系比较好。如果我们走上了一条错误的道路，那就必须先回到原点。

从这个意义上说，见藤尾美弥子是正解。要想弄清二人的关系，有必要回溯到他们的中学时代。这么看，以现实为原型的小说《禁猎地》便是绝佳的文本。

和藤尾美弥子见完面后，我直奔书店买了一本《禁猎地》，在返程的电车上读了起来。因为已经通过梗概知道了内容，读起来比一般情况下更顺畅，只不过文学方面的价值我依旧完全不懂。

就像她说的那样，小说是以滨冈这个人物的视角描写的。平凡的公司职员滨冈有一天早晨从报纸上得知一个版画家被刺死了，这便是故事的开头。滨冈记起那个叫仁科和哉的版画家正是中学时让他吃尽苦头的人，接下来则是滨冈对中学时遭受的霸凌的回想。

刚上初三的少年滨冈遭受过多次危及生命的霸凌：他曾被人脱光衣服裹上透明薄膜扔在体育馆的一角，也曾在走在窗下时突然被人从上面泼盐酸。当然了，他也遭受过拳打脚踢，语言暴力和骚扰一类的行为更是接连不断。这些描写细致入微，极富真实感，冲击力十足。我也理解了为什么藤尾美弥子会说这不像小说而像记录了。

滨冈成为霸凌目标的原因并不明确。据他所说，"仿佛有一天突然打开了恶灵的封印一般"，霸凌就此开始了。这与当下的校园霸凌有共通之处。他反抗了，但是恐怖和绝望渐渐支配了他的内心。

"让他害怕的不是暴力本身，而是讨厌他的人们身上散发的负能量。这个世界上竟然存在着如此深的恶意，他至今都不敢想象。"

这是《禁猎地》中的一段话，可以说展现了受害者真实的心理。我当教师时也有过处理霸凌事件的经验，被霸凌的一方对于这种没有缘由的攻击往往不知所措。

对滨冈的霸凌以主谋仁科和哉突然转校为契机终结了。没有人知道他转去了哪里。有传言说他强暴了其他学校的女学生，被送去了相关机构，但至于这是不是真的，滨冈他们就不知道了。

滨冈的回忆到此告一段落。一系列的迂回曲折后，滨冈打算调查仁科和哉的情况。这番经过或许在文学层面上有特殊的意义，但我认为和本案没有什么关系。

小说接下来的部分是以滨冈的回忆和调查相互穿插的形式展开的，首先揭示的是仁科和哉消失的真正原因。被他强暴的女学生读的是教会中学。在众人面前，他让同伙按住女学生施暴，还指使他们用八毫米摄像机把经过拍了下来，打算将未冲印的胶片卖给熟识的暴力团体。这件事情之所以没有见报，全是因为女学生的父母人脉很广。

就像这样，小说的前半部分主要在不遗余力地展现仁科和哉的残暴，后半部分则描写他以某件事为契机开始对版画产生兴趣并想以此为生。故事最后，就在他举办首场个人画展的前夕，他被一个街头妓女刺死了。人人都知道这起杀人案是根据真实事件改编的。

藤尾美弥子认为滨冈这个人物就是作者本人，这种想法不无道理。一般来讲，不假思索就把叙述者跟作者本人画等号或许显得很荒谬，但既然推定这部小说的大部分内容都是基于现实写出来的，这么考虑就很妥当。

另外，据她推理，作者写这部小说是为了向遥远的过去复仇，这应该也与实际情况相差无几。如她所说，很难认为作者是带着善意塑造了仁科和哉这个人物：他塑造的不是艺术家，而是一个向往成为艺术家的俗人。如果仅仅是这样倒还没什么，但作者的描写从始至终都在强调这个俗人的丑陋和软弱，这只能解释为是出于复仇心理。藤尾美弥子声称哥哥的名誉受到了损害，恐怕原因就在这里。

但要说少年滨冈是作者即野野口修的分身，有一点我怎么也理解不了，那就是书中缺乏对应日高邦彦的人物。当然了，如果认为作者是日高邦彦，也存在同样的问题：缺乏对应野野口修的人物。

虽说是有原型的小说，但和真实情况有出入是正常的，省略某些人物也是可能的吧。然而问题不在于此。

如果像小说中描述的那样，野野口修在中学时代遭受过霸凌，那么当时日高邦彦在做什么呢？他就沉默着袖手旁观吗？

我纠结于这一点是有理由的：野野口修在提到日高邦彦时，多次使用了"好朋友"这类表述。

令人遗憾的是，在霸凌面前，父母的爱和老师的教导基本无效，只有友情才是最强大的武器。尽管如此，滨冈的"好朋友"却在他遭受霸凌时选择了旁观。

我敢断定，这样的人不是"好朋友"。

同样的矛盾在野野口修的自述书中也存在。好朋友不会夺人之妻，不会想要和朋友之妻合谋杀掉朋友；好朋友也不会威胁朋友，强迫他当自己的影子写手。

那么，野野口修为什么要使用这种表述呢？

一切都可以用在我脑海中盘桓至今的奇怪想象解释——

那个在我看到野野口修中指上被笔杆磨出来的老茧时闪现的推理。

过去之章（二）

认识他们的人这样说

据林田顺一说

您是为那个案子来的啊？这样啊。但是您想和我打听什么情况呢？不管问我什么问题，我应该都给不出什么有用的回答，毕竟那是很久以前的事了嘛。中学时代？得是二十多年前了吧。我的记性不算差，但基本上也没什么印象啦。

坦白跟您说，直到最近我都不知道有日高邦彦这么一个作家呢。说来惭愧，好多年我都不读书了。其实这不行，因为我做理发生意，和顾客聊天也是工作内容之一，想不出什么话题确实不行。但是吧，怎么说呢，太忙了。是这回的案子才让我知道有日高邦彦这么一个作家，而且还和我同班过。嗯，报纸登了日高和野野口的经历，我这才想起来，报纸我还是会读一读的。真是吓了一跳啊，居然和杀人案有牵连。对，我记得野野口。日高嘛，也有那么一点儿记忆，老实说，这家伙给人的印象不深。我不知道他们俩是不是好朋友。

我们叫野野口"钝佬"。您想,"口"这个汉字和片假名的"ロ"长得很像吧?那个家伙还有点儿慢半拍,可能也有迟钝的意思在里头[①]。

说起来他总是在读书呢。我坐过他旁边,还记得这件事。读的什么我不知道,我对书没有兴趣,只能肯定不是漫画。他的作文和读后感写得好,班主任应该很喜欢他。您看,我们班主任是语文老师。学校里就是这样的吧。

您说霸凌?是有过。最近媒体报道得比较多,但从以前就一直有啊。也有人说什么以前的霸凌可不阴暗,但霸凌怎么可能不阴暗呢,对吧?

哦对了,野野口倒是经常被霸凌,我刚想起来。没错,有这回事,那家伙被整惨了。有人乱碰他的便当,拿走他的钱。是不是还被关进过扫除用具间啊?怎么说呢,他就是那种容易被人欺负的类型。

身上被裹薄膜?是厨房用的那种保鲜膜吗?哦,这么一说我是听说过。反正净是乱来。从窗户往下倒盐酸?嗯,那种程度的事可能也发生过。反正我们学校不怎么样,霸凌啊校内暴力事件啊什么的都是家常便饭。

[①] 日语中,"野野口"读作"nonoguchi";"愚钝"用片假名可写作"ノロ",读作"noro"。

呃，被您这样问我很难开口，但老实说，我也参与过霸凌，哎呀，但没做过很过分的事。班里那些坏家伙会强迫我们这些普通学生加入，如果反抗就会遭殃，所以只好照办。我可反感了，因为那是在霸凌我们这些不想作恶的弱者。我有一次往人家包里藏狗屎，旁边的女班委看到了却假装没看到。那班委是谁来着？哦，是增冈，是姓这个。那些不良少年本身就以霸凌为乐，同时也觉得弄脏普通学生的手、把老实人拉到自己的档次很有意思吧。这一点，我现在才想到。

藤尾吗？我当然忘不了他。悄悄跟您说，我不知道多少次想过要是那家伙能消失就好了。不，不只是我，大家应该都是这样想的吧。老师肯定也是这么想的。

该说他不正常吧，总之这家伙不把折磨别人当回事。他比有些成年人还要结实，力气也很大，谁也管不住他。其他不良少年只要跟着他就可以作威作福，于是都去讨好他，这让他更嚣张了。"无法无天"说的就是那种情况吧。嗯，没错，霸凌头子就是他。一切都归他管，不良少年从老实学生身上搜刮来的钱都得先交到他那儿，和黑社会没什么区别。

藤尾走人时我可开心了，因为我想着一切都会恢复平静了。实际上自打他走后，校园内的氛围确实好了很多。混混团体虽然还有余党，但和藤尾在的时候完全不能相提并论。

我不太清楚他辍学的原因。传言是他把其他学校的学生弄伤了,被送进了相关机构,但我觉得恐怕不会那么简单吧。

您一直在问我藤尾的事,这和案子有什么关系吗?日高不是因为抄袭野野口的小说被杀的吗?

欸,霸凌团体吗?我不知道他们现在的情况,但我想可能都平平常常地进入社会了吧?

您问那时候的花名册?有倒是有,不过留的都是旧地址。也可以吗?那请您等一下,我现在去给您拿。

据新田治美说

您是听谁说起我的?林田?班里有这么一个人吗?嗯,应该是有的。很抱歉,那时候的事我想不起来了。

我的旧姓是增冈。嗯,没错,我曾担任过班级委员。当时从男生女生中各选了一个人出来,也不用做什么特别的事情,就是充当学生和老师之间的联络员吧,还有在大家商量事情的时候当当主席。哦,对,班会。我没有孩子,已经好多年没有说过这个词了。

非常不好意思,我几乎想不起来日高同学和野野口同学了。虽然我们是男女混校,但我总是和女生玩,所以男生之间发生了什么我不是很清楚。或许是有霸凌的现象,但我没有注意到。如果注意到了?事到如今我也没法说什么,但估计那个时候会报告老师吧。

啊，我先生快回来了，我们就聊到这里可以吗？毕竟能对您起到帮助的信息我都提供不出来。另外，希望您不要告诉别人我是从那个学校出来的。是的，因为会带来很多不便。连对丈夫我都保密了。拜托您了。

据元谷雅俊说

为了日高和野野口的事？还专程跑了这么远过来。快请进。没关系吗？哎呀，在玄关怎么行？这样啊，好吧。

我当然记得他们两个人呀。我虽然退休快十年了，但是担任班主任时班上的学生我都记得，毕竟照看过他们一年啊。而且他们两个是我刚去那所学校时就带的学生，因此印象尤其深。

没错没错，野野口的语文成绩特别好，每次考试虽然不是一百分但也很接近。日高的成绩应该就没有那么好了，因为我没什么特别的印象。

野野口遭受过霸凌？不不，不应该呀。班里确实有坏学生，但我没听说野野口被欺负过。

是吗？是林田说的吗？太意外了，我一点都不知道。没有，我可不是装糊涂啊，事到如今装糊涂也没用。

我觉得意外是因为野野口好像一度和不良团体有来往，我们曾经为此担心过呢。他的父母找我谈过这件事，我还提醒过他本人多加注意。

但是这种时候能帮到忙的无疑是朋友啊。让野野口走回正轨的人既不是父母也不是老师，而是朋友。这个朋友自然就是日高了。日高虽然不怎么起眼，但是身上有相当强势的部分。他不喜欢拐弯抹角，只要觉得有一点不合理的地方，哪怕对方是老师也会反击。

那时候应该是一月吧，他们俩来我家玩。我感觉，野野口是被日高拉来的。他们没有明说，但是表现出了让我操心了很对不起我的意思，反正我是这样解读的。

当时我确信，这两个人会成为一辈子的好朋友。但是后来他们各自去了不同的高中，还真是出乎我的意料啊。毕竟两个人成绩总体差不多，真去了同一所高中也不奇怪。

结果却发生了这次的事。我太震惊了，到底是哪个环节出差错了呢？日高也好野野口也好，都不是会做出那种事的人啊。

据广泽智代说

您说野野口家的儿子？我当然熟了，他就住我们附近嘛，时不时还会来我们店里买面包。对，我们在那附近开过店，大概十年前才关的。

您果然是为了那案子来的吗？哦，是这样吗？哎呀，我吓了一跳，那些孩子怎么会做出那种事，真是搞不明白啊。

您问他小时候是什么样的？我想想，怎么说呢，他给我感觉阴沉沉的，该说是不像小孩呢，还是忧郁呢？

大概是在小修读小学低年级的时候吧，有那么一段时间学校明明没有放假，他却一直待在家里。有一次那孩子在二楼的窗户边茫然地向外看，我在下边跟他打了声招呼，问他是不是感冒了，但他根本没有回答，而是急忙把脸藏了起来，拉上了窗帘。我倒谈不上有多不愉快，因为我们偶尔在路上遇到时，他也一定会躲到岔路上，避免跟我打照面。

后来我才知道，原来那段时间那个孩子拒绝上学。具体原因不知道，但大家都说是父母的问题呢。他父母应该只是一般上班族，但夫妻俩的生活可奢侈了，而且对小修保护过度。说起来他妈妈还说过这样的话呢："我们本来打算让儿子读更好的私立小学，只是因为没有人脉迫不得已才上了现在的学校。这里的校风有问题，我很讨厌。"

我真想跟她说一句"校风有问题真是对不起啊"，因为我女儿和儿子都是从那所学校毕业的。没记错的话，野野口一家好像是因为野野口先生工作的原因从哪儿搬过来的，之前可能是住在特别高级的住宅区吧。

哎,如果家长那个样子,孩子肯定也就不想上学了,小孩都这样。

但是完全不上学也不是办法,父母好像也很担心,但是没有逼他去学校。

后来那孩子得以返校,我觉得全是托了邦彦的福。对,是日高家的孩子。没错,就是这起案子中被杀的日高邦彦先生。我是看着他长大的,突然叫他"邦彦先生"让我觉得有些奇怪。

邦彦每天早上都会等小修一起去上学,原委我不知道,大概是因为他们俩同年级,老师拜托邦彦带上小修的吧。

我每天早上都会看到他们。邦彦会先从右往左走过我家店前,每次都会大声和我打招呼,可真是个好孩子啊。不一会儿,他又会和小修一起从反方向走来。有意思的是,邦彦会再次跟我打招呼,而小修就低头不吭声,总是这样。

慢慢地,小修似乎也开始好好去学校了,还读了初中高中,甚至连大学都上了。邦彦真是他的恩人,却发生了这种事……我真的想不通。

有没有见过他俩一起玩?嗯,经常呢,还有卖坐垫家的孩子。好像就连玩耍都是邦彦邀请小修的,他们关系可好啦,这不是理所当然的吗?

邦彦不只对小修很好,对谁都是这样,尤其对比他小的孩子特别温柔。所以啊,您可能已经听厌了,但发生这样的事我是怎么都不肯相信的。

据松岛行男说

日高和野野口啊……

失礼了,我知道这起案子后也震惊得差点跌倒,听到他俩的名字后就恍惚想起了过去的事。不过您很了解我的情况啊。嗯,上小学的时候我确实经常跟他们俩一起玩。我父母是做坐垫生意的,我们以前经常因为坐店后面仓库里的新坐垫被骂。

但是说实话,我没那么喜欢他们俩。都是因为我家附近没有可以一起玩的同伴,我也懒得去找,才和他们一起的。到了小学高年级的时候,我一个人也能去比较远的地方了,就开始和别的朋友玩了。

他们俩的关系?这个嘛,我觉得不是好朋友,也不是儿时的玩伴,该怎么说才好呢?

啊,是这样吗?面包店的阿姨是这样看的?大人的眼光可靠不住。

那两个人的关系嘛,绝不是平等的。对,总是日高占据主导地位。嗯,我是这样认为的。日高有意识地在帮助不习惯学校生活的野野口，虽然他没有这样说过，但是从态度上表现了出来。他总是带领着野野口。以前我们三个人经常一起去捉青蛙，就连那种时候日高都在指挥野野口，说"那里不安全，到更好落脚的地方去捉""把鞋子脱掉"这类话。不过与其说是"命令"，或许称之为"关照"更恰当。所以，比起老大和手下，更像是兄弟，虽然他们同岁。

野野口似乎并不买账，因为他有时候会对我说日高的坏话。当然了，当着日高的面他是不会这样的。

刚才也说了，到了小学高年级的时候我就不怎么和他们玩了，我觉得他们两个人也是从那时开始疏远的。一个原因是野野口开始上补习班了，没时间玩耍了；另一个原因则应该是野野口的妈妈讨厌日高吧。关于这一点，我是偶然听见的啊，野野口的妈妈曾对他说："别再和那家的孩子玩了啊。"她的语气很严厉，神情也相当可怕。从上下文可以知道，"那家"就是日高家。当时作为一个小孩子，我觉得她的话很奇怪：为什么不能和日高玩呢？我现在都不知道野野口的妈妈为什么要说那句话。嗯，完全没有头绪。

野野口拒绝上学的理由？虽然不敢肯定，但说得极端一些，我觉得大概是因为那所学校不适合他吧，他在那里也几乎没什么朋友。对了，那阵子他还透露过转校的意思，说是想去一所更好的学校什么的。但最终他也没转成，也就不了了之了。

我可以告诉您的也只有这些了，毕竟是几十年前的事了，几乎都忘得差不多了。

关于这起案子的想法？我吓了一跳呢。我只认识儿时的他们，所以这么说可能有些轻率，但他还是让我觉得十分意外。哦不，我是说日高。虽然他在和野野口的相处中处于优势地位，却没有把野野口当成跟班，正义感也很强。所以让野野口为他代笔这件事我怎么也……不过，人长大后性格多少也会发生转变吧——自然，这是朝着不好的方向。

据高桥顺次说

我很震惊，没想到你们警察真的会为这个案子找我。不是，我看报纸时就想起来他俩是同学而且还和我同班，只不过嘛，我和他们算不上多亲近，又觉得是和自己完全不相干的案子。因为啊，不是文学什么的吗？这玩意儿一直就和我无缘，大概以后也扯不上关系。

那么，您想问什么？哦，那时候的事啊。哎呀，不好意思，那不是什么快乐的回忆，说着说着我都想要皱眉头呢。

您是从谁那儿打听到我的？哦，林田啊，那家伙从小口风就不紧。嗯，对。最近是变成个社会热点了，虽然不是值得骄傲的事，但霸凌什么的我小时候干了不少，呵呵。嘿，毕竟当时还是个孩子。不过，我觉得那也是有必要的吧？我不是在找借口啊，您看，进入社会后会遇上各种各样的烦恼和让人难受的事吧？把霸凌想成是提前演练就好了嘛。要是能扛过去，就算是孩子也会得到锻炼，不是吗？反正我是这样想的。最近大家太大惊小怪啦，不过就是霸凌而已嘛。

如果您想知道当时的情况，比起从我这儿打听，还有更好的方法呢。当然我说也行，但是我好多东西都忘掉了，实在没法按顺序好好讲，讲着讲着我自己都晕了。

所谓的好方法就是读书啦，那本以日高的名义出的书。呃，叫什么来着，书名太复杂了，很不好记啊。欸？哦，对对，《禁猎地》，就是这个。嘿，您也知道？那就不用特意来找我了啊。

我呢，虽然完全不看书，但是案子发生了，我就抱着一种想要看看到底写了些什么的心情读了读。哈哈，我还是第一次去图书馆，还有些紧张呢。

我读那本书，是因为看了故事梗概后知道藤尾是原型，而且好像还写了我们中学时代的事。欸，我心想，莫非也提到我了？

您也读了吗？哦，这样啊。呃，悄悄告诉您，里边写的都是事实哦。哎呀，是真的。虽然看着像小说，但就是原原本本的事实，当然了，名字什么的不一样，但是其他都是真的。所以我说嘛，只要读了，就能知道一切了。连我们忘了的事都写在里边。

写了他被裹上保鲜膜丢在体育馆吧？真是读得我一身冷汗，因为那就是我带头做的,可不是什么光彩的事啊。"不知天高地厚"说的就是这种情况吧。

这些全都是藤尾指示的。那家伙很少亲自动手，都是命令同伙。我可不是想当他的手下，只不过跟他在一起乐趣多多而已。

藤尾对其他中学的女生施暴的事？那件事我不怎么清楚啦。不，是真的，虽然我只知道藤尾盯上了那个女的。她头发长长的,小个子，算是个美少女。别看藤尾人高马大，实际上他是个萝莉控，对这种类型可没有抵抗力。这一点小说里也写到了吧。读到这里的时候我觉得还真是犀利，不过如果本来小说就是那家伙写的，那他这么清楚可能也不奇怪吧。

说起来小说里也写到了藤尾单独消失的事。您瞧，第六节课上到一半的时候，他就像往常一样一个人偷偷离开了教室。确切地说，他不是在上到一半，而是在刚上完的时候走的。所以说班会的时候藤尾基本不在教室。至于他去了哪儿，小说里写得很明白，就是那个美少女经常走的那条路。还有，他去那里的时候绝对不带同伙，总是一个人，所以他做了些什么没有人知道。也许就像小说里写的，他躲在暗处盯着那个女孩子，图谋不轨。这样一想，真让人有些反胃啊。

他侵犯女孩子的时候好像只带了一个同伙,具体是谁不知道。不，是真的啦，都这个时候了我包庇他有什么用呢？那个人自然不是我啊。我虽然做了很多坏事，但绝不会协助强奸的，请相信我。

正如您所说，《禁猎地》那本书里写道，施暴时还有更多藤尾的同伙在场，一个人按着那个女孩子，一个人拿着八毫米摄像机拍摄，其他人围观。但是实际上，帮忙的只有一个人。对，他负责按着女孩子。八毫米摄像机也不属实，拿的应该是宝丽来，听说是藤尾自己拍的。不知道那时的照片后来怎么样了啊，小说里写的是藤尾想要卖给黑社会，但谁知道呢？我没看过。说实话我倒是想看，但并没有传到我手中。

啊，对了，或许那个家伙知道点什么。他姓冢，是藤尾的跟班。相应地，藤尾好像也会给他点好处。要是藤尾把照片交给了谁保管，那就是他了，不过我不觉得他现在还会留着。联系方式我不知道。他叫中冢昭夫，昭和的"昭"后边接一个"夫"字。

关于这些，您没有从野野口那里听到什么吗？我觉得那家伙一定很清楚吧，正因为清楚，才能写出那样的书，不是吗？欸，那家伙什么都没说？他说不出口吧。为什么说不出口？因为那不是什么光彩事，不值得炫耀吧。

您说是因为野野口被霸凌了？那家伙被霸凌的时间没那么长啦，藤尾从一开始就没把他放在眼里，让他感兴趣的人是日高，理由是日高太狂妄了。但实际上是因为日高不管遭受了多么过分的对待，都不听他的话。要知道那是藤尾啊，他怎么能受得了，于是开始琢磨越来越过激的做法，然后就发生了小说里写的那些事。

没错,我们拿保鲜膜裹的人也是日高。对,浇盐酸也是朝他。野野口?野野口那家伙那时候已经跟着我们了。是的,他加入我们了。那家伙才是藤尾的手下,还指使我们呢。

他俩是好朋友?那不应该。毕业后怎样我不知道,不过案件相关的报道说两人好像以前关系很好,所以我猜可能是高中以后发生了变化,但是就我所知,根本没有那回事,毕竟野野口经常向藤尾告日高的状,要是没有野野口,藤尾也不会把日高欺负得那么惨吧。

所以《禁猎地》里那个姓滨冈的中学生就是日高,肯定没错。虽说动笔的人实际上是野野口,但不用日高的名义就出不了书,所以才把日高作为主人公来写的吧。野野口是哪个人物的原型?唔,是谁呢,我说不准啊。不管怎么说,他是霸凌团伙的一员。

但想想有些怪啊,霸凌者写的小说以被霸凌者的名义发表?这到底是怎么回事呢?

据三谷宏一说

麻烦尽量快一点儿,接下来我还有个会要开。

我不明白您找我想问什么,不过听说警察就是会把罪犯的过去调查得彻彻底底。我和野野口有来往都是高中的事了。

欸,是从小学开始查起的吗?真是了不得。哎呀,我不知道该怎么说好,那种事情有必要说吗?哦?

野野口就是一个很普通的高中生,没什么奇怪的地方。我和他喜欢一样的书和电影,经常聊这些话题。嗯,我也知道他想当作家,因为那时他就宣告将来想做这方面的工作。他曾让我看过写在笔记本上的短篇小说,内容记不得了,但我想大多是科幻类的。很有趣呢,至少当时我读得很开心。

野野口选择我们高中的理由?自然是因为和他的学习水平相匹配啊,不是吗?不对,等等,这样说起来,野野口说过这种话:"实际上我家附近还有一所和我学习水平相匹配的高中,但我唯独不想去那里。"同样的话我听他说过很多次,所以直到现在还记得。是啊,既然他总这么说,肯定也是这样想的吧。

他讨厌那所学校的理由?具体细节记不清了,但我想是由于环境不好、学生素质差吧,因为他经常这样说他的母校。

对,母校是指中学和小学。野野口经常说它们的坏话。

没有,基本上没怎么听他说起过初中的朋友。即便听说过,应该也是不怎么重要的内容,因为我没有什么印象。日高邦彦这个名字也没有从他那里听过。我是通过这次的案件才知道他有这么一个儿时玩伴的。

他经常说的是学校和街区的坏话,每次都抱怨住在那个街区的人有多么低级，那里的学校有多么恶劣。因为他老是挂在嘴上，我还有些不耐烦。平时他还挺正常的，但一提到这个话题他就一肚子火气，让我觉得这个家伙真奇怪，毕竟任谁都会觉得自己出生长大的街区是最好的吧。

"我家本来不在那种地方，因为老爸工作的关系不得已才住了过去，再过不久我们应该还会搬家啦。就是个临时住所，所以我们和邻居不亲近，我也不和附近的孩子玩。"

其实我并不关心他想住哪里，但他还是反复跟我说这种话，完全就像是在找借口嘛。结果我和他交往的那段时间里，他也没有搬家呀。

关于搬家，我想起来他还说过这种话："我上小学时曾有一次转校机会。我怎么都适应不了那个学校，我父母就运作了一番，但最后也没行通。具体原因不清楚，但好像和我好好上学了有关。真过分啊，我每天都是怀着郁闷的心情去学校的，还不是因为附近有个爱管闲事的家伙天天都来叫我，我没有办法才去的，头疼死了。"

要是我的话就会觉得附近有个这么好的朋友简直太棒了，但野野口可能有他自己的苦衷吧。

高中毕业后我就再没有和野野口见过面了。哦，不对，见过一次吧。不管怎么说，基本上就是这种程度，没有来往了。

日高邦彦的小说？说实话我没有看过。我虽然读小说，但读的都是推理类的，所谓的旅行悬疑小说我就很喜欢。太沉重的那种我都敬而远之。

但这个案子让我有点想读，于是找了一本。都说真正的作者是野野口，这让我毛骨悚然啊。

我读的是《夜光藻》，讲的是身为艺术家的丈夫为妻子出轨而烦恼的故事。太难的东西我不懂，但好几个地方都让我恍然大悟，产生了一种"果然是野野口写的"的想法。书中随处都能感觉到他的个性，这种个性就是从小到大都没变过的东西。

欸？哦，是这么回事啊。《夜光藻》是日高邦彦自己写的啊。哈哈，原来如此。

哎呀，惭愧惭愧。嘿，我们普通人也弄不明白吧。

这样可以了吗？我要开会了。

据藤村康志说

是的，我是修的舅舅，他母亲是我姐姐。

我提出返还利益的诉求，并不是为了钱呀。作为修的亲人，我们想要厘清事态，把话说明白。

修杀了日高先生这件事是不能饶恕的，必须付出相应的代价，他也正是出于这个原因才招供的吧。

但是吧，我觉得必须先把事态厘清。修也不是毫无理由就做出那种事的，他和日高先生之间也发生了很多，不是吗？日高先生让修为他代笔写小说了吧，叫什么"影子写手"？修的忍耐已经到了极限。

总之，对方也有错，坏人不光修一个。但只有修受到了惩罚，事情就结束了，这不是很奇怪吗？对方的错呢？

我虽然不是很清楚，但日高邦彦的书不是很畅销吗？听说他本人还进了高额纳税者排行榜的前十。那是谁赚的钱呢？是修写了小说，卖了钱，他才得以积累的财富吧？钱还是他的，光惩罚修，这不是有些荒唐吗？我是觉得很荒唐。要是我，就会把那些钱还回去，这是理所应当的吧？

当然了，我想对方也会有他们的说辞，所以接下来的事我交给了律师，希望能得到一个说法。我只是想尽可能帮修一把，并不是为了钱。毕竟，不管对方返还多少钱，都不会落到我的兜里呀。不用说，那都是修的。

不过您大驾光临是为了什么呢？我说的都是民事上的纠纷，和您应该没有关系吧。

哦，您不是为了这件事啊。我姐姐的情况吗？对，没错，他们是在修出生后不久搬到那个街区的。我姐夫的亲戚在那里有一块地，他们低价买了过来，在上边建了房子。

我姐姐对那个街区的看法？嗯，像您说的一样，她不怎么喜欢那里。那是什么时候来着？她曾经抱怨过："早知道是那种地方，我绝对不会把房子盖在那里。"我姐姐在一个地方住下后，似乎就会调查附近的各种情况，而这就是她得出的结论。

她不满意什么？我不清楚。一说到这些她就会不高兴，所以我会避开。

您为什么问我这些呢？和这次的案件有什么关系吗？

就算再有必要彻底调查，连我姐姐的事也问，有点过了吧？不过不管您问什么，反正我们无愧于心。

据中冢昭夫说

野野口？谁啊？没听说过。

是我的中学同学？还有这么一个人？我给忘了。

我不读什么报纸。作家被杀案？不知道啊。

哦，作家和凶手都是我的同学？那又怎么样？和我可没关系。我没什么好说的。我现在是失业状态，接下来必须去找工作，可别给我添乱。

日高？那个日高吗？被杀的作家就是那家伙啊？

哦，那家伙我倒是记得。欸，是那家伙啊。人真是不知道什么时候就怎么死了呢。

问我那些是想干什么？那家伙还是小屁孩时的事能有帮助吗？你不是说侦查就是抓凶手吗？嗬，现在的警察还要调查莫名其妙的事情啊。

放过我吧，都是陈年旧事了。

啊，对了，说起来我揍过日高很多次。没什么特别的原因，就是让他本分一点，随便找个理由呗。

但日高是个不听话的家伙，竟然一次也没乖乖把钱交出来过。其他软蛋只要稍微吓唬吓唬，就会交出个一千块两千块的。我呢也因此来劲了，专挑日高一人对付。要我现在说啊，那家伙是有点骨气。

烦死了，都说过我不认识什么野野口了。什么？给我等等，野野口？两个"野"后边一个"口"？

这样啊，你说的是钝佬？野野口应该就是缩头乌龟钝佬吧？哦，他我还是记得的，就是藤尾的钱袋子嘛。

钱袋子就是钱袋子，装钱的袋子啦。没错，他一个劲地给藤尾上供，不光出钱，还被当成下人使唤，那小子就是个十足的窝囊废。

自打藤尾被赶出学校后，我们这一群人也四分五裂了。不知道什么时候起，那个钝佬也不在我们的聚会上露面了。

折腾其他中学的女生？那件事我不是很清楚啦，没骗你。虽然和藤尾走得最近的人的确是我，他也没有告诉我详情。基本上在那之后，我和藤尾见得就少了，因为他被限制出家门了。

不对，才不是我。藤尾强暴那女生的时候，和他一起的是别的什么人。我可不知道，但我说的是真的。

嘿，那种陈年旧事和眼下的杀人案有什么关系？

哎，有这么一个情况让我有点在意。你刚才说被杀的人是日高，对吧？具体什么时候我记不清了，但日高曾经来找过我，问我知不知道藤尾或者那次强暴的相关情况。是什么时候来着？大概三四年前吧。

哦，对了，他说在以藤尾为原型写小说呢。我没怎么当真，所以现在也回忆不起什么。这么看来，日高那时候已经是作家了吧？哼，我真应该趁机多敲他一笔啊。

我把自己知道的都告诉他了，毕竟日高那家伙对我好像也没什么怨恨。我跟他说，我基本上不清楚强暴的事，但日高还是缠着我不放，说哪怕只想到一点也行。那家伙好像也觉得是我和藤尾一起强暴了女生。

照片？什么来的？

我拿着？谁说的？

……好吧，是在我手里。藤尾在被捕前给过我那么一张。拍的才是坏人，拿着没问题吧。况且我也没用它做什么。

我为什么一直拿着？你这问题可把我难倒了。我只是碰巧没有扔掉而已。就算搜搜你家，也会找到一两张小屁孩时候的照片吧？

现在已经不在我手里啦。日高找来后，我就扔掉了。

有没有给日高看过？看过呀。对于我来说，这已经是过去的事了，而且他特地来找我，我总得给人家一点土特产吧？

他让我借给他，我就借了。不过两三天后，他就放到信封里寄还给我了，还写了他不爱保存照片这类东西。那信封我原封不动扔垃圾箱了。这事也就这样完了，之后我没有再见过日高。

我只有过那一张照片，其他照片的情况我可不知道。

说了这么多，差不多了吧？

据辻村平吉说

不好意思，我是他的孙女早苗。我想一般人可能听不懂我爷爷说的话，所以我当一下翻译。没关系，这样能进展得快一些，我们也好办。

唔，爷爷多大岁数来着？应该是九十一了。他的心脏没问题，但行动不便。不，头脑反而清晰得很呢，只是听力不大好。

爷爷大概在十五年前都还是烟花师。与其说是年龄方面的原因，不如说是供求问题，自从河岸边的烟火大会取消后，基本上就没什么工作了，不过我们家人都觉得就此不干也好。我父亲本身也没有继承爷爷的衣钵。

这本书是什么？哦，《不燃之焰》……啊，是那个日高邦彦的小说吗？不，我不知道，我们家的人应该都没有读过。我爷爷？那我问一问，但我估计也是白问。

……爷爷果然也没听说过。他好像几十年都没读书了。这本书怎么了吗？

啊，是这样吗？讲的是烟花师的故事啊。

……爷爷说，原来还是有人在写这种稀罕东西的呀。毕竟这份工作和普通人没什么关系。

原来日高邦彦曾经住在那里啊。是的，没错，爷爷工作的地方就在那里的神社旁边。欸，这样吗？他是小时候看到了爷爷工作，长大后写在了小说中吗？他对爷爷印象深刻啊。

……爷爷说，偶尔是会有附近的孩子来玩耍，即使被告知很危险不要靠近，也还是很爱来。于是爷爷就允许孩子进工作间，条件是不能碰任何东西。

您问有几个这样的孩子？请等一下。

……他说并没有那么多，记得的只有一个。

名字是什么？我问问。

……他不知道那个孩子叫什么。对，不是忘了，是一开始就不知道。爷爷对过去的事记得很清楚，所以或许真的就像他说的那样吧。

哎，这个嘛……就算再记得，这还是有点勉强吧？不过我试着问一问吧。

……太让人惊讶了，爷爷竟然还记得，说如果看到照片就能认出来。您拿照片来了吗？那我给他看一下。

咦，这是什么？哎呀，居然是中学毕业相册啊。是的，这个班里应该有那个孩子。啊，但是那个孩子去爷爷工作间的时候比这更小吧？是这么回事吧，果然。哎呀，不好办啊，跟爷爷解释这种事很困难啊，怎么告诉他不是照片上这么大的孩子呢？不过算了，我尽量解释。

过去之章（三）

加贺恭一郎的回忆

对野野口修和日高邦彦的过去——特别是他们的中学时代——多少有了解的人，我已经都见过了。当然还有其他我没接触到的人，但至少我掌握一定的信息了。这些信息就像零散的拼图，但我已经能够依稀看到它们组装好的样子了。我确信，这才是此案的真相。

可以说，中学时代的霸凌事件象征两人的关系。这样一想，才发现很多地方都能说得通了。如果无视他们不愉快的过去，就没有办法解释清楚这件杀人案。

对于霸凌，我多少有些经验。但我并非遭遇过霸凌，也没有霸凌过别人（至少在我的认识中如此）。所谓"经验"是基于教育者立场的说法。已经是十多年前的事了，那时我担任初三的班主任。

察觉到自己带的班里有霸凌现象是在第一学期的后半：期末

考试让我发现了这一点。

一位英语老师告诉我,我的班里可能有人作弊。据他所说,有五个学生在回答一个问题时写出了完全相同的答案。如果是正解也就罢了,关键是出错的地方都一样。

"而且这五个学生一起坐在后边,我觉得毫无疑问他们就是作弊了。由我提醒他们倒也无妨,但我想还是得先告诉你一声。"

这位英语老师行事向来冷静。即便在这个时候,他都没有因为被学生欺骗而生气。

我想了一下,请他把这件事交给我来处理。如果这几个学生真作弊了,那绝不会仅仅是英语一门考试的问题。

"也可以,但是你最好尽早干预,因为只要纵容一次,作弊的人就会变得更多。"英语老师的忠告很有道理。

我立刻请其他科目的老师查看这五个学生的试卷是否有疑点。至于我负责的社会(地理)考试,自然是我自己调查。

最后发现,语文、理科和社会试卷都没有明显的问题。相似的回答倒也不是没有,但是很难因此断定他们作弊。针对这一点,理科老师说:"他们也不傻呀,不会做得太明显的,孩子也有自己的手段。"

但是遇上数学,他们的手段就不够用了。数学老师断定他们作弊了。

"不会初一初二数学的人,不可能上了初三就顿悟。在考试前我就大概知道，哪些学生能答出某道题，哪些学生答不出。比如对山冈这个学生来说，最后一道证明题就是无解。他作答时写了'ADEF'吧，但实际上应该是'△DEF'。正是因为他没有掌握图形问题的相关知识，才会把别人答案里的记号'△'抄成字母'A'吧。"

这是数学专业人士的意见，很有说服力。

事态看上去并不乐观，我开始思考该怎么处理。学校应对作弊的原则是，除非在考场上抓到现行，否则就不予处罚。但是我认为有必要让作弊的学生知道老师对他们的行为并非完全没有察觉，也就是说要加以警告。于是，某一天放学后，我把他们召集到了一起。

我先挑明他们有作弊的嫌疑，根据就是他们的英语试卷做错的地方都一样。

"怎么样？是不是作弊了？"

看上去谁也不打算回答我的问题，于是我点了山冈的名，又问了一遍。

他摇摇头，答道："我没有。"

我一个接一个地问了其他人，但他们都否认了。

因为没有证据，我不能再追问了，但我心里清楚，他们说谎了。

他们中的四个人自始至终都是一副抵触的态度，只有一个姓前野的学生眼眶红了。从之前的成绩来看，被抄的肯定是他的答案。当然，不管是给别人看的还是看别人的，都要接受处罚，这就是我们学校的规定。

那天晚上，我接到前野的母亲打来的电话。她说儿子看上去不对劲，是不是在学校遇到了什么事情。

我说出作弊一事后，电话那头的她低声啜泣起来，就像是做了噩梦一样。

"就算真的作弊了，我想也是前野把答案给别人看了，但是不对就是不对。不过嘛，这次因为没有证据，我只是给了他们警告。他看起来受了很大打击吗？"

听到我的询问，她哭着说出了让我意想不到的话："他回来时浑身都是泥土，钻进房间就再也没有出来。我稍微看到一眼，他的脸是肿的，似乎都出血了……"

"出血了……"

第二天，前野以感冒为由请了假。第三天他来学校时，一只眼睛缠着绷带。从瘀青和脸颊的肿胀程度来看，无疑是被人殴打过。

直到这时我才明白是怎么回事。前野和另外四个学生不是一伙的，而是被他们胁迫的。作弊被发现后，想必他们迁怒于前野，殴打了他。但我还无法判断这种霸凌是不是经常发生。

接下来就到了暑假。事后再看，这真是一个糟糕的时间点。好不容易察觉到霸凌现象，在这期间我却什么也没有做。若要辩解，我只能说是自己太忙了。虽是暑假，但我一直忙于考虑升学指导的事，没有时间休息，要搜集的资料和处理的工作也不计其数。然而这都是借口。山冈一伙人在暑假期间抢了前野十万多块，不仅如此，那条连接着他们的黑色纽带也变得更加阴暗复杂了。而直到很久以后，我才得知这一切。

到了第二学期，前野的成绩一落千丈。一些有良心的学生给我提供了消息，原来针对前野的霸凌越发恶劣和日常化了。我简直不敢想象，他的头上有多达六处被那伙学生用烟头烫的伤口。

我开始考虑该如何应对。有的老师认为，对于初三学生之间的霸凌，还是睁一只眼闭一只眼等他们毕业为好，但我做不到。我是第一次带初三，不希望被分配到我的班级成为学生的不幸。

我打算先找前野聊聊，问问他霸凌是怎么发生的，至今为止他都遭受过怎样的对待。

然而他什么也不肯说，害怕一旦开口，就会被欺负得更厉害。他眉梢流下的汗和颤抖的指尖都说明这种恐惧绝对不寻常。

我想从帮他建立自信开始，于是想到了剑道。我是剑道部的顾问，看到过很多性格软弱的男孩子在开始练习剑道后变得越来越勇敢。话是这样说，但这个时候他已经来不及进入剑道部了，所以我决定在早上对他进行一对一的指导。前野对此似乎提不起多大的兴致，但每天早晨还是会出现在道场。他是个聪明孩子，明白眼前的年轻老师为什么突然打算教他剑道，也知道无视这一点不太好。

前野倒也有感兴趣的事：投掷飞刀。

那是我为了提高专注力而不时进行的训练，方法是面向立着的草垫将刀子投掷出去。有时我会闭着眼睛投，有时会背对着投。为了安全起见，我会趁没人的时候练习，但有次偶然被前野撞见，他对此很感兴趣。

他想让我教他，这当然不可以，但我允许他在一旁看着。于是他就从远处认真地观看我投掷飞刀。

"相信自己能做到。"

被问到秘诀时，我这样答道。

在那之后不久，霸凌头子山冈因为盲肠的毛病住院了。这是个极好的机会，我心想，不能消极地等待霸凌现象消亡。我打算利用这个机会，让前野不再对山冈畏畏缩缩。

我命令前野每天将他的笔记复印好送到医院。前野表示拒绝，甚至都快要哭了，但是我不答应。我不想让他保持丧家犬的姿态毕业。

我不知道他们二人在医院有没有交流。或许前野默默把复印的笔记放下就马上离开病房了，而山冈也一直用毯子盖着脸吧。我觉得那样也挺好。

山冈出院后不久，我确信我的尝试成功了。旁敲侧击地问了几个学生，都没有再听说前野被霸凌的消息。虽然学生不一定说了真话，但是见前野比以前开朗了不少，我便断定事态已有好转。

在毕业典礼结束的最后关头，我才明白这完全是我的错觉。

当时我的心情不错，一方面所有学生都选好了升学方向，另一方面我确信没有悬而未决的问题。我开始自鸣得意，以为从此会在教师的道路上顺利走下去。

然而警察局打来了一通电话。少年科警官的话往我头上浇了一盆冷水。

前野因伤害罪被逮捕了。

场所是游戏厅内，受害者是山冈。

听到这里，我心想是不是弄错了。受害者应该是前野，而加害者是山冈吧？

但是听着听着我便有数了。据说被捕时前野的衣服破了，浑身都是伤，面部也扭曲了。

不用说，一定是山冈那伙人把他弄成这样的。他们看到前野落单了，于是群起而攻之。上学时有我这个多管闲事的老师在眼前，他们只能忍着。一旦脱离我的管束，他们就对着前野的脸小便。

我不清楚前野被打倒后就地躺了多久，但他忍着全身的疼痛站了起来，去了学校的剑道场，然后从我的柜子里将飞刀偷了出来。

过去前野曾多次给山冈一伙送过钱，所以知道他们会在什么地方出没。看到在电子游戏机前骂骂咧咧的山冈后，前野毫不犹豫地从后面袭击。那把刀刺中了山冈的左下腹。

游戏厅的人报了警。据说警察赶到时,前野站着一动不动。

我马上去了警察局,但是没有见到前野,因为他本人拒绝了。山冈似乎很快就被送到了医院,没有性命危险。

几天后,负责此案的警官对我说:"前野那个孩子在决定杀掉对方的同时,似乎也抱了必死的决心。我也问了那个叫山冈的孩子施暴的原因,他说就是看前野不顺眼。我追问他为什么看对方不顺眼,但好像没什么缘由。他说,就是因为看不顺眼所以看不顺眼。"

我听了这番话,心情沉到了谷底。

后来,不管是前野还是山冈,我都没有再见过。而且,据前野的母亲转述,我是他"在这个世界上最不想见到的人"。

那年四月,我走下讲台:我落荒而逃了。

至今我仍然觉得,这是我人生中最大的失败。

真相之章

加贺恭一郎的阐明

你的身体怎么样？刚才我和你的主治医师聊了一会儿，听他说你似乎决定做手术了，这样一来我也就放心了。

你听起来很消极啊。嘿，刚才说了，成功的可能性很高。我不是在安慰你，真的是这样。

我想问一下，你是什么时候发现自己生病的？这个冬天？今年开始？

不可能吧？你应该去年年底就察觉到复发了，而且你觉得这次可能挺不过去了，所以连医院也没有去。

让我产生这种想法的原因只有一个：至少从那时起，你就已经在谋划这件事了。我指的自然是谋杀日高邦彦先生一事。

你有些惊讶吗？不过我并不打算讲什么天方夜谭。没错，我的话有根据。至于证据，也不是没有。我接下来打算就此展开，可能会花上不少时间，所以我已经事先征求了医生的同意。

请你先看一下这个。对，是照片。眼熟吧？就是摄像机捕捉到的你潜入日高家的画面。这是日高邦彦先生偷偷架设的摄像机拍下来的，据你所说。

我请人把这段影像中的一幕印了出来。如果你希望，我们也可以把显示屏搬来，观看完整的版本，但是或许没有那个必要吧。这一张就足够了。而且，想必你也看厌了吧。毕竟，这段影像本来就是你自己制作的。你既出演又拍摄，兼任导演和主演，看厌了是自然的事嘛。

没错，我就是想说，这是你伪造的。这些画面，全是你做出来的。

是啊，所以我打算用这张照片证明。说是证明，其实也没那么夸张。看着这张照片，我想说的只有一件事：拍摄日期并非像画面一角显示的一样是在七年前。

让我说明一下为什么我敢如此断言吧。其实很简单，这里拍到了日高家的庭院，里面种了花草。当然了，大型植物没有被拍到。不见日高家引以为傲的樱花树，草坪又是干枯的，一眼看过去可以知道是冬天，却又很难判别是哪一年的冬天。另外，时间是在深夜，画面昏暗，所以看不清楚细节。恐怕正因为这样，你便以为可以用这段录像骗过我们。

但是，你可犯了一个严重的错误。

我并不是在虚张声势，你的确出错了。

让我告诉你吧，是影子。草坪上有樱花树的影子，这是致命的一点。

嗯,我知道你想说什么。就算七年间树会长大,但考虑到光线,仅仅比较影子是无法判断拍下的是现在的树还是过去的树。确实是这样。

但我想说的不是这个。树影只有一个,这才是问题所在。

你好像还不明白我的意思,我来解释一下。如果录像真的是七年前拍的,那么树的影子该有两个。知道为什么吗?很简单。对,是的,七年前日高家的院子里有两棵八重樱,它们还亲密地挨着彼此呢。

你有什么要反驳的吗?

那段影像大概是你最近拍的吧?问题在于你是否有拍摄的机会。就这一点,我和日高理惠女士进行了确认,她的回答是"也不是那么难的事"。去年日高邦彦先生还是单身,你完全可以趁他和出版社的人外出喝酒时不疾不徐地拍摄。

但如果是这样,你会需要家里的备用钥匙。如果想要拍下你从庭院潜入日高工作间的一幕,就必须有能打开日高工作间窗户的钥匙。

据理惠女士说,这一点也不成问题,因为日高邦彦先生外出喝酒时不会随身携带钥匙,而是会将它藏在玄关前的置伞架后方。在外边丢过两次钥匙后,他便开始这样做了。如果你知道这件事，那么也就不需要备用钥匙了。你应该是知道的，理惠女士可以证明。

但是啊，我并不是因为注意到了八重樱的影子，才认定录像带是伪造的。实际上恰恰相反，我是先断定录像带是伪造的，然后多次回放，又找来罕见的日高家庭院过去的照片，经过比对，才发现了矛盾之处。那么，为什么我如此肯定呢？这是因为我对其他证物产生了怀疑。

我想你已经知道"其他证物"是指什么了吧？没错，就是那大量的原稿。正是发现那堆像山一样的作品后，我才确信它们与你杀害日高邦彦先生的动机有着千丝万缕的关联。

你被逮捕后我读了你的自述书，其中有许多地方让我想不通。当然了，以某种方式一一阐明这些疑问是可能的，然而可能阐明和彻底接受是不同的。自述书中的某些地方总让我感觉有些失真。正因如此，我无法将你坦白的内容当作事实全盘接受。

接着就在某一刻，我发现了一条重要线索。案发后我明明和你见过那么多次面，却没有发现这一点，太匪夷所思了。

请伸出你的右手。怎么了？请伸出右手。如果不愿意，右手的中指也行。这个手指上有一个被笔磨出来的老茧呢，还很明显。

这不是很奇怪吗？你向来是用文字处理机的。听说你不管是在写稿还是当老师的时候，都是使用文字处理机，那么这么大的老茧是怎么回事呢？

原来如此,这不是笔磨的老茧啊?那这是什么呢?不知道?你说不记得了?怎么看这都是笔磨出来的老茧,对于它是怎么形成的,你真的没有头绪吗?

即便这样也没关系,重要的是,这个老茧被我看见了。正是因为看见了,我才开始思考,惯用文字处理机的你为什么会磨出老茧来?会不会是进行了大量的手写呢?

继而,我便想到旧本子和稿纸上写的那些作品,做出了一个推理。当时我后背发凉,因为如果我的推理正确,那么整件事情将会来个一百八十度的转变。

没错,我是这样推理的:那大量的作品不是过去写的,而是最近匆忙写的。

我后背发凉也不是毫无道理可言吧?如果真是这样,那么日高先生窃取你灵感的说辞就是谎言。

没有方法证明?我做了许多调查,掌握了决定性的证据。

你知道辻村平吉先生这个人吗?不知道?这样啊,也难怪呢。

根据你的自述书,你和日高邦彦先生小时候经常去看附近的烟花师工作,基于小时候的记忆,你写了《圆之焰》这部小说,而日高先生剽窃了《圆之焰》,写了《不燃之焰》。

辻村平吉先生嘛,就是那个烟花师。

嗯,我明白,忘了名字不是问题,估计就算问日高邦彦先生,他也不会记得吧。

但是啊，辻村先生却记得。不是名字，而是长相，那个以前总爱去他工作间玩的孩子的长相。他还说，去的只有一个孩子。

是的，没错，他还健在呢。老人家虽然已经九十多了，生活离不开轮椅，但是头脑清晰。我把你们中学时的相册给他看了，他一眼就认出了那个孩子——日高邦彦先生，还说完全不认识你呢。

辻村先生的证词让我确信，日高先生根本就没有剽窃你的小说，旧横线本和稿纸上的东西，不过是你对日高先生作品的仿写。

那么，我们又该如何看待所谓因杀人未遂而被日高先生胁迫的事呢？你明白了吧。这样顺着想下去，就会怀疑到那盘录像带上，因为只有它能够确切表明你曾经杀人未遂，而那时用过的刀上只有你自己的指纹，完全不能当成证据。

如此一来，就像刚才说明的那样，我便发现录像是伪造的。反过来看，这意味着我此前的假设无误，也就是说根本不存在杀人未遂，日高先生也从未胁迫过你，因此也就没有剽窃一事。

你曾坦白，计划谋杀日高邦彦先生是出于你和日高初美女士之间的关系，可是你口中的婚外情真的发生过吗？我们来复习一下吧，暗示你和日高初美女士关系的东西有什么。

首先是在你家找到的围裙、项链和旅行报名表，接着是在富士川服务区拍摄的初美女士的照片，仍是在你家找到的。还有被认为是在同一地点拍的风景照。

就是这些,其他没有了,也没有能证明你们关系的人。

先说旅行报名表,你想怎么填写就怎么填写,所以它证明不了你和初美女士的关系;再看项链,只有你自己说过打算把它送给初美女士;至于围裙嘛,似乎确实是初美女士的,之前也跟你说我们找到了她穿着它的照片。

但是你并非不可能从日高家里把日高初美女士的围裙拿出来,因为在日高邦彦先生和理惠女士结婚前,你曾经过去帮他收拾初美女士的物品,趁那个时候偷一条围裙出来恐怕也很容易吧。

帮忙那天,你也有可能偷了其他东西。那就是照片。你偷出来的照片需要满足这些条件:首先必须是初美女士的个人照,而且日高邦彦先生不能在同一个地方留过影;其次,最好还有在这个地方拍过的风景照。满足这些条件的正是在富士川服务区拍的照片。你偷偷地把初美女士的个人照和风景照藏到了口袋里。

确实,我当然没有偷盗的证据,但偷盗是可能的。正因如此,你所坦白的和初美女士的外遇,我才无法完全当真。

换言之,如果杀人未遂、胁迫、剽窃这些事情都没发生,是否就可以认为它们的前提条件——你和初美女士的外遇——也根本不存在呢?

对,这样一想,初美女士的死因自然也明了了。毫无疑问,她就是死于意外,而非自杀。既然没有自杀的动机,也就没有理由怀疑那是自杀。

我试着梳理一下你从去年秋天开始究竟都做了些什么吧。让我们以此为时间轴倒回去看看。

首先是准备没有使用过的旧横线本。只要在学校里翻一翻，很快就能找到吧。然后一篇一篇地把日高邦彦先生已发表的作品抄在本子上。不过你不是单纯地誊写，而是改变了表达方式和人物姓名，又稍微调整了情节脉络，为了让人以为这是已发表作品的原型下了一番功夫。写这么一本就得花一个月的时间吧？可以想象工作量巨大。而近来的作品，你就直接输到了文字处理机里。和横线本一同被发现的稿纸上的小说，实际上是你过去写的吧？在日高先生的小说中没有找到与之相符的。

至于《冰之扉》，你有必要自己思考后续发展。一方面得让警方发现思考的笔记，另一方面还得写好杀害日高先生后用来制造不在场证明的稿子。

其次是制作影像。刚才我已经说过了，那应该是你去年年底拍的。

到了今年，你拿到了日高初美女士的围裙和照片，此外应该还备好了旅行报名表和项链等小道具。你留着以前的报名表，对吗？那种东西或许也能在学校找到。你还说过，衣柜里佩斯利图案的领带是初美女士送的，餐具柜里的麦森瓷茶杯是你们二人一起买的，但其实都是你最近才布置好的吧。

还有一件很重要的事。日高夫妇似乎花了大约一周的时间收拾寄往加拿大的行李，其间你去过他们家一次。目的是把两样东西藏入行李中吧？一样是刀，一样是录像带。你把书挖空，以便放入录像带，准备得很细致，人人都会以为那是日高邦彦先生藏起来的。

做完以上工作，你等来了四月十六日这一天。没错，就是案发那天。

不不，那绝不是什么一时冲动，而是花了很长时间处心积虑准备的、令人毛骨悚然的有计划犯罪。

通常来说，犯罪计划是罪犯为了不被逮捕而制订的。他们会绞尽脑汁思考怎样做才能不让罪行暴露，即便暴露了也不会让自己惹上嫌疑。但是你的目的却完全不同。你一点儿都不怕被捕，不只如此，你的所有计划都是以被捕为前提制订的。

说得极端一些，你费了大量时间和精力，就是为了制造一个动机，一个杀害日高邦彦先生的恰当动机。

这真是令人震惊的想法，杀人之前先把动机准备好，简直前所未闻。别看我现在如此确信，得到这个结论可让我着实头疼了一番：这种事真的有可能发生吗？

再说那段录像，如果警方一开始就对它产生怀疑，那么或许在更早的阶段就能发现它是伪造的。然而整个侦查团队都没有起疑。这是自然的，因为它是证明你作案动机的重要证据，谁也不会想到是身为凶手的你自己制作的。

横线本和稿纸上的作品也好，暗示你和日高初美女士关系的小道具也罢，都是同样的道理。如果它们是能使你脱罪的证据，那么警方肯定会仔细确认真伪，但恰恰相反，它们都直指你的动机。遗憾的是在当下，警方倾向于严查对嫌疑人有利的证据，而于嫌疑人不利的证据就处理得很宽松。你正是很好地利用了这一漏洞。

你尤其高明的一点是，并没有自己道出捏造的动机，而是让侦查人员一步步发现。如果你一开始就滔滔不绝地把动机说出来，那么就算再迟钝的警察可能都会感觉到不对劲。

你巧妙地诱导侦查人员走上一条错误的道路，不，你是提前布下了陷阱。你在横线本和稿纸上写下大量让人误以为是日高先生小说原型的内容，这是第一个陷阱；而第二个陷阱，就是围裙、项链、旅行报名表和日高初美女士的照片。现在回想，我们迟迟没发现她的照片，你或许为此焦躁不已吧。你曾经叫我别弄乱你的房间，因为那里还有别人寄存的很重要的书。以此为线索，我们才在《广辞苑》里发现了日高初美女士的照片，完全被你诱导了。你也松了一口气吧。至于第三个陷阱，也有诱导的成分。案发后你曾问过日高理惠女士，她先生的录像带在哪里，听到她说寄去加拿大了,你还请她等行李寄返后就马上通知你,对吧?这让我判断日高邦彦先生拥有的录像带里藏着什么秘密,接着就发现了所谓杀人未遂那一夜拍下的带子,而且还藏在日高先生所著的《夜光藻》里。只要读过这本书,任谁都会注意到内容和拍下的画面对得上,这里也有你无形的诱导。

对了,案发当晚我和你阔别十年重逢的时候,曾向你询问过日高邦彦先生的小说,而你当即推荐了《夜光藻》。那也是你的作战计划,我得脱帽致敬。

让我们把时钟的指针稍微往回拨一下,回到那一天吧。不用说,就是你杀害日高邦彦先生的那一天。

从前述推理可知,那无疑是有预谋的杀人,但你不想让任何人意识到这一点。此案需要被定性为临时起意的冲动杀人,否则你捏造的杀人动机就无法成立。

至于杀人手法,你充分发挥了聪明才智。绝不能使用刀具,也不能投毒,因为这样无疑是在主动宣示你早就有杀心。那么勒死怎么样?但考虑到你们二人的体力情况,你也很难办到吧。于是你选择了击打。先从对方身后用钝器袭击,待他倒下后再勒死,以确保万无一失。

不过在这种情况下,你仍旧需要凶器,而且最好是日高家本就有的东西。于是你想到了日高先生喜欢的镇纸。"拿那个东西打他就没问题了吧？再想个办法勒死。对了，就用电话线。"或许你脑海中有过这样的自问自答。

这时你的内心产生了一丝不安。作案当天，他们已经基本上搬完家了，很有可能你准备用的凶器已经不在了。

电话线应该没问题。日高先生匆匆忙忙工作完后还要把原稿传真给编辑，所以不会把电话线收起来。

问题是镇纸。它不是写稿的必需品，可能已经被收到纸箱里了。你考虑到了这一点，于是自己也准备了凶器，即唐培里侬香槟，实在不行就用这个酒瓶。那天你去了日高家后并没有马上拿出香槟，因为你担心一旦送出去，就没办法再将它用作凶器了。

你先和日高邦彦先生一起去了工作间，确认了镇纸还在。我想，你一定松了一口气吧。后来藤尾美弥子女士登门，在她离开房间后，你马上就把香槟交给了理惠女士。如果镇纸不在了，你就不会把香槟给她，而会随后将它作为凶器。本是乔迁贺礼的香槟成了杀人凶器，任谁都会觉得这是冲动犯罪。不过，你还是想尽量用镇纸这一日高邦彦先生自己的物品杀掉他。

你之所以没有把香槟的事写到手记中，是因为害怕警方注意到这个细节吧。一开始听说的时候，我还怀疑香槟有毒，甚至还询问将它喝掉的酒店员工味道怎么样呢。听他回答"味道很不错"后，我才放弃了投毒一说，但仔细想想就知道，你根本不可能用毒。

顺便说一句，利用电脑和电话伪造不在场证明的诡计很高明，直到现在我的上司他们似乎都还没完全弄明白呢。

不过我很在意如果我们没有识破那个诡计，你打算怎么做呢？因为这样一来我们就怀疑不到你头上，也不会逮捕你。

你好像不想回答呀。算了，这样问也没什么意义吧，毕竟我们识破了诡计，而你也被逮捕了。

你累了吗？我是说得稍微多了一些，但请你再配合一下，因为我也被你弄得疲惫不堪。

话说回来，为什么你会这样做呢？为了被逮捕而捏造动机，这有悖常理。

我大胆揣测一下，你在某个动机的驱使下想要杀掉日高邦彦先生，并且已经做好了被捕的心理准备。这大概和你察觉自己癌症复发也有关系，因为就算被捕，待在监狱里的时日也不会多。

但是即便被捕，你也认为必须将真实的动机继续隐瞒下去。比起作为杀人犯被捕，你更害怕真实的动机被公之于众。

这个真实的动机，我想听你亲口说出来，怎么样？都这时候了，你再沉默也无济于事了。

这样啊。

你好像怎么都不肯说，那就没办法了，请你听一下我的推理。

你知道这是什么吗？是的，没错，是CD。但不是听音乐用的，而是CD-ROM，能够存储电脑数据。

时下的电脑软件好像大多是这种形式的,听说也有游戏和字典光盘。

但我手中的不是市面上出售的,而是日高先生委托相关从业者制作的。

你很关心里边有什么吧?事实上,其中恐怕有你一直在找的东西。

反应过来了吗?没错,这里边存有照片,就是所谓的Photo CD[①]。

日高先生并没有把写作用的素材照片收纳到相册中。放眼文坛,他都算是很早使用电脑的人。从几年前开始,他就把素材照片都存在这种CD中了,最近还开始使用起数码相机。

让我讲一下为什么会注意到这张CD吧。在详细调查你和日高先生的过去时,我留意到一张照片。如果照片上的内容如我所想象的一般,那么至今没怎么重视过的一切就突然间有了意义,各种事物就都被一条线串起来了。

我开始找那张照片。不对,实际上照片本身已经被某人处理掉了,但是在那之前,照片曾一度存放在日高先生那里。我想日高先生肯定以某种形式复制了照片,于是就发现了这张Photo CD。

---

① 柯达开发了一种将照片数字化并保存在CD上的系统。

闲话少说，照片是那个时候的，拍下了藤尾正哉对女中学生施暴的一幕。

如实再现当时情况的图像数据，可就在这张 CD 里啊。

我本想把它印出来，今天一并带过来，但临行前改变了主意。那样做没有任何意义，只会唤醒你的痛苦。

你应该知道我在照片中发现了什么吧。我在亲眼看到之前也已经预想到了。是的，那个按着女中学生、协助藤尾正哉施暴的人正是你。

我调查了你的中学时代，各种各样的人说了各种各样的话，其中也有霸凌相关的内容。

野野口遭到过霸凌，有人这么说；不，不是这样，那家伙被霸凌的时间不长，后来转而加入霸凌团体了，也有人这么说。事实上，两方说的都是同样的事。你从开始到最后都在被霸凌，只不过形式发生了变化。

我再叫一声"野野口老师"。老师你也有执教经历，对此应该深有体会吧。我也一样。霸凌是绝不会结束的。只要当事人还在同一所学校，霸凌就会继续。当教师说"霸凌现象不复存在了"，他们说的仅仅是"我希望霸凌现象不复存在了"。

不难想象，那场暴行对你来说是内心无法愈合的伤口。按你自己的意愿，应该做不出那种事吧。可以确定的是，如果违抗藤尾正哉，被霸凌的阴暗日子就会复苏。你害怕不已，才不情愿地干出了那些肮脏的勾当。一想到笼罩着你的罪恶感和自我嫌弃，连我这个局外人都感到心痛。你当时遭受的最恶劣的霸凌，就是被迫成为那次暴行的共犯吧。

纵使拿性命交换，你也必须把这些关于过去的、应受诅咒的记录隐瞒到底——在我看来，这或许就是你的杀人动机。

但为什么事到如今你才突然在意起这个秘密呢？日高先生是在写《禁猎地》之前拿到照片的，也没有迹象表明在那之后他向别人透露过这件事。既然如此，你不觉得他今后也会保守秘密吗？

现在就请不要说日高先生拿照片要挟你了，这种现编的谎言马上就会被识破，况且，这根本就不像策划出如此缜密犯罪的你的风格。

我猜，这和藤尾美弥子女士有关。她出现后，一切都变得难以控制了。

她打算就《禁猎地》的问题和日高邦彦先生对簿公堂，而日高先生可能也别无选择。这让你突然感到不安：万一那张可怕的照片被作为证物提交到法庭上怎么办？

这虽然都是我的想象，但是你从日高先生动笔写那部小说开始，就有了不祥的预感和危机感吧？藤尾女士出现后，你的恐惧达到了极点，最终起了杀心，这便是我的推理。

即便如此还是有没阐明的地方。不,应该说刚才的推理遗漏了最为重要的东西,就是你和日高邦彦先生之间的关系究竟是怎样的。

不想让厌恶的过去被公开,于是杀掉了手握秘密的人,这并非不能理解,但对方是一直以来都和你很亲近的人。你不觉得就算和藤尾美弥子女士的矛盾陷入胶着状态,日高先生也会继续为你保守秘密吗?

在你的自述书中,你们二人的关系充满憎恶,但是现在已然判明一切纯属虚构,那就有必要把这一前提推翻。

梳理一下我们目前掌握的事实,便知道日高先生是这样对待你的:中学毕业后,他就没有再见过你,也很清楚你在中学时代仇视他,却还是和这样的你恢复了朋友关系。不仅如此,为了帮助你在儿童文学界生存下去,他还把你介绍给出版社。而且,在和藤尾美弥子女士的再三交涉中,他始终都没有提到过和《禁猎地》密切相关的你。

当我纵览全局时,脑海中浮现出的日高的形象,便和人们口中少年时代的他完美契合。比如,有人曾说"他是个对谁都很好的孩子"。

我认为,至少日高先生是真心把你看作好朋友的,这样一切都可以说得通了。

只不过,得到这个结论却花了一些时间,因为我对日高先生先入为主的印象和真实的他相差甚远。实际上在调查日高先生的少年时代时,这一点也一直让我耿耿于怀。

我心想,为什么会产生这种认知偏差呢?是因为读了你那份虚假的自述书吗?并不是,我从更早的时候起就对日高先生抱有某种固化的印象了。那种印象从何而来?我想到了一样东西,就是你最初写的案发当天的记录。

之前我只关心其中和案件直接关联的部分。然而乍一看平平无奇的内容背后,却藏着用意极深的机关。

看你的表情,应该明白我想说的是什么了吧。嗯,是的,我说的是猫,你杀死的那只猫。

我们发现了农药。你家阳台上有两个装了土的花盆,就是从那里面检测出来的。做完毒丸子后,剩下的农药不好处理,于是就混到土里了吧?

找到的农药和从猫尸体里检测出的成分一致。对,尸体还在呢,饲主把它放进纸箱后埋到了院子里。

日高先生深受邻居家的猫所扰这件事,你是听他本人亲口说的,还是看了《忍耐的极限》那篇散文后知道的呢?也是,考虑到你们走得近,应该是直接听他说的吧?

你做了毒丸子,然后选准日高夫妇不在家的时候,把毒丸子放进他们的庭院,杀死了猫。理由只有一个——制造我刚才描述的日高先生的形象。

在调查此案的过程中，我对文学的世界有了一些初步了解，记下了评论作品时会用到的"描写人"这个表述。要向读者传达某个登场人物是怎样的一个人，似乎无法用说明性文字。不过，一旦看见言行举止的蛛丝马迹，读者便会自行建立起人物形象，对吧？

你在捏造那份手记时就考虑到，有必要在一开始就将日高邦彦这个人物的残忍根植在阅读者心里。为此，你准备了杀猫的插曲。

案发当天，你没想到会在日高家的庭院里遇到猫的饲主新见太太吧？但是这正合你意，因为如此一来，你就能把这次偶遇写在手记的开头，增加日高先生杀猫一事的可信度了。

说来惭愧，我完全被你的诡计骗了。逮捕你后，我虽觉得这份手记可信度不高，却也没有想到连杀猫的插曲也是虚构的，从未试图修正我对日高先生的已有印象。

太高明了，我只能说。你设计了许多诡计，我认为这才是最厉害的地方。

察觉到杀猫的诡计后，我脑中灵光一闪：莫非这才是你犯案的目的？也就是说，你最终的目的是贬损日高先生的人品。这样一想，整个案子就明了了。

刚才我已经讲了你的犯罪动机。你想把中学时代不可告人的秘密隐瞒下去，于是杀了日高先生。关于这一点，你没有否认，我也找不出错。但是我在思考一件事：这不是让你起了杀意的唯一原因。

我试着想象你从起了杀意到实施犯罪计划的心路历程。基于上述理由，一旦决定杀害日高先生，你便有必要编造一个合理动机，但不是什么都可以：这个动机被公开时，世人的同情必须集中到你身上，而被害人日高先生将身败名裂。

于是你捏造出以和日高初美女士的婚外情开始，直至被迫成为影子写手的故事。如果一切进展顺利，你还可以将日高邦彦作品的真正作者这一名誉收入囊中。

为了达到这个目的，你手写大量稿件，指头都磨出了老茧，还费尽功夫在寒冷的夜空下伪造影像。经过几个月的精心准备，一切才终于就绪了吧。如果只是想隐瞒中学时代的往事，准备一个简单明了的动机就可以。

你煞费苦心执行这份方案，就是为了摧毁日高先生构筑起来的一切，而杀人本身不过是方案的一部分罢了。

不害怕被逮捕，纵使拼上所剩无几的生命，也要贬损一个人的人品。我在想，这究竟是怎样一种心理？

说实话，我无法给出一个符合逻辑的答案。你可能也是一样吧。

我想起了大约十年前自己经历的一件事。你还记得吗？我的一个学生在毕业典礼之后刺伤了霸凌他的同学。那个主导霸凌的学生曾说过这样的话："就是因为看不顺眼所以看不顺眼。"

你的心境和那时的他应该一样吧？对日高先生，你的心里潜藏着自己都无法理解的、深不见底的恶意，于是才有了这次的案件。

这份恶意的根源究竟是什么呢？我详细调查了你们两个人的情况，得到的结论是，日高先生没有任何理由被你憎恨。他曾是个优秀的少年，还本该是你的恩人。虽然你和藤尾正哉合伙霸凌过他，他仍然拯救了你。

但我知道，这份恩情反而滋生了憎恨。在他面前，你不可能没有低人一等的感觉。

后来你长大成人，又陷入了对日高先生的嫉妒。你在这个世界上最不想被超越的竞争对手就是他，他却成为作家飞黄腾达。试想一下你得知他获得新人奖时的心境，我全身的汗毛都要倒竖起来。

但你还是去拜访日高先生了。你打心底想成为作家，相信靠近他就能走上实现梦想的捷径吧。于是你心中的恶意被暂时封印起来。

然而你眼前的道路十分险恶。是时运不济还是才能欠缺，我不知道，总之你并没有成功，身体还每况愈下。

我确信,当你意识到死亡将至时,心中的封印也被解除了。你无法忍受怀着对日高先生的恶意离开这个世界。日高先生手里掌握着你过去的秘密,这一事实又加深了你的恶意。

以上就是我所认为的此案的真相。你有什么反对意见吗?

既然你保持沉默,那我可以理解为你默认了吧?

已经过去这么长时间了,我也口干舌燥了。

哦,对了,再补充一句吧。

从你和你母亲过去的言行中,可以感觉到你们对日高先生和周边地区的人抱有偏见。不过可以断定,无论是滋生丑陋偏见的根据,还是与你们持同样偏见的人,在那片地区都未曾有过。

你少年时代讨厌日高先生,或许正是你母亲这种不假思索的蔑视埋下的种子。我想,还是告诉你这一点为好。

最后,我衷心祈祷手术成功,希望你无论如何都要活下来。

毕竟法庭还在等着你。

图书在版编目(CIP)数据

恶意 / (日)东野圭吾著；崔健译. -- 海口：南海出版公司，2022.1
ISBN 978-7-5442-6945-2

Ⅰ. ①恶… Ⅱ. ①东… ②崔… Ⅲ. ①长篇小说-日本-现代 Ⅳ. ① I313.45

中国版本图书馆 CIP 数据核字 (2021) 第 199376 号

著作权合同登记号　图字：30-2016-180

《AKUI》
© Keigo Higashino 2001
All rights reserved.
Original Japanese edition published by KODANSHA LTD., Tokyo.
Publication rights for Simplified Chinese character edition arranged with KODANSHA LTD. through KODANSHA BEIJING CULTURE LTD. Beijing, China.

本书由日本讲谈社正式授权，版权所有，未经书面同意，不得以任何方式做全面或局部翻印、仿制或转载。

恶意
〔日〕东野圭吾 著
崔健 译

出　版	南海出版公司　(0898)66568511
	海口市海秀中路51号星华大厦五楼　邮编 570206
发　行	新经典发行有限公司
	电话(010)68423599　邮箱 editor@readinglife.com
经　销	新华书店
责任编辑	张　锐
特邀编辑	聂小雨　孙　腾
营销编辑	刘治禹　王　玥
装帧设计	李照祥　朱　琳
内文制作	田小波
责任印制	史广宜
印　刷	山东京沪印刷科技有限公司
开　本	850毫米×1168毫米　1/32
印　张	9
字　数	170千
版　次	2022年1月第1版
印　次	2025年7月第13次印刷
书　号	ISBN 978-7-5442-6945-2
定　价	59.00元

版权所有，侵权必究
如有印装质量问题，请发邮件至 zhiliang@readinglife.com